相遇在中国

编 委 会

相遇在中国

五洲传播中心 编

中国广播影视出版社

图书在版编目（CIP）数据

相遇在中国 / 五洲传播中心编 . -- 北京：中国广播影视出版社，2023.6（2025.1 重印）
ISBN 978-7-5043-8779-0

Ⅰ . ①相… Ⅱ . ①五… Ⅲ . ①新闻报道—作品集—中国—当代 Ⅳ . ① I253

中国版本图书馆 CIP 数据核字（2022）第 008613 号

相遇在中国

五洲传播中心　编

出 版 人	纪宏巍
项目策划	赵　宁
责任编辑	许珊珊　王丽丹　赵　宁
责任校对	龚　晨
装帧设计	嘉信一丁

出版发行	中国广播影视出版社
电　　话	010-86093580　010-86093583
社　　址	北京市西城区真武庙二条9号
邮　　编	100045
网　　址	www.crtp.com.cn
电子信箱	crtp8@sina.com

经　　销	全国各地新华书店
印　　刷	永清县晔盛亚胶印有限公司

开　　本	889毫米×1194毫米　1/24
字　　数	240（千）字
印　　张	13
版　　次	2023年6月第1版　2025年1月第2次印刷

书　　号	ISBN 978-7-5043-8779-0
定　　价	88.00元

序 言

"人类生活在同一个地球村里，生活在历史和现实交汇的同一个时空里，越来越成为你中有我、我中有你的命运共同体。"

在从事文化交流与国际合作长达 30 年的过程中，我们经常听到来自世界上不同国家的友人讲起他们与中国的缘分、与中国友人的故事：一张老照片，浓缩着关于中国的回忆与思念；一件旧旗袍，见证着在中国度过的美好时光；一件艺术品，铭刻着两个人跨国协作的共同努力……在跨越万里的相遇中，在时光如梭的流淌中，对于中国这片土地和人民的感情如丝如缕，就这样记录在岁月的年轮里、沉淀在心灵的柔软处，植根在国与国相交、民与民相亲的沃土上。

日益发展变化、更加开放的中国，与世界融入互动、合作共赢，友好的种子播撒在不同国家人民的心田，友谊的纽带将人与人联结在一起，深刻印证了人类命运共同体理念。来自中外不同国家的人，或者是因为工作关系，或者是因为个人原因，或者是长久的相处，或者是短期的合作，一次看似偶然的中国之旅，一次必然的相遇，结下了深情厚谊，成就了彼此的事业。他们之间的友谊跨越时间、空间、语言的阻隔，真挚、朴实、坚韧，具有打动人心、鼓舞人心的力量。

我们感动于这些温暖的故事，

追随着友谊的脚步，前往全球 12 个国家采访了 35 段中外故事，制作成《相遇在中国》系列短片，本书中收录了其中的 22 段。我们聆听他们亲身讲述相识相知的经历，回顾起他们记忆中难忘的往事，描绘他们眼中发展前行的中国。

1979 年，美国著名小提琴演奏家艾萨克·斯特恩与次子大卫·斯特恩一起访华，9 岁的王健为其演奏了大提琴。对音乐的共同追求与热爱，让斯特恩一家与王健结下了毕生的友谊。如今，大卫和王健都已经成为享誉世界的音乐大师，既相学互鉴，又情同手足，友谊的旋律久久回响。

来自意大利达·芬奇理想美术馆的亚历山大·维佐斯馆长和中国美术家协会副会长徐里相遇在佛罗伦萨、相逢在北京。徐里用融合中国写意风格的油画与达·芬奇 23 岁时创作的素描跨越时空合作，名为《对话》的画作成为博物馆永久馆藏。经典跨越时空相遇，文明因交流而多彩、因互鉴而丰富。

来自肯尼亚的罗伯特·格图鲁在中国攻读植物学博士学位，与王青锋教授结下了亦师亦友的友谊，在科研路上一起求索，共同发现了 14 种全新的植物物种，并编撰了《肯尼亚植物志》。在探索共同的地球家园的道路上，他们并肩前行，为人类科学进步作出了贡献。

科林和爱丽丝 1964 年从澳大利亚来到中国，是新中国成立后第一批长期在中国安家的外国人，他们与语言学家陈琳和王家湘的友谊，见证了中国从弱到强的非凡历程，见证了中国改革开放、拥抱世界的气度胸襟。青春不老，友谊常青，天下一家的大同理想，寄寓着全人类的共同价值追求。

跨越山海，相遇在中国。是中国将他们联结在一起，是共同的理念将他们联结在一起，是真情的力量让他们联结在一起。正如书中主人公所说，"我们不必说一种语言才能互相理解"。

著名天体物理学家卡尔·萨根曾说："在广袤的空间和无限的时间中，能与你共享同一颗行星和同一段时光，是我的荣幸。"来自五大洲、40 多位中外人士的故事，每一段情谊都平凡却真挚感人、细微却穿透人心。我们很高兴能记录下这些朴实、真挚的故事，传递这些人生中美好的情感，在中国与世界友好往来的历史长河中、在推动构建人类命运共同体的进程中，撷取真事、真情、真意，观照个人、国家与世界，留下生动的历史注脚。这些温暖美好的故事，让我们更加相信，文明交流可以超越文明隔阂、文明互鉴可以超越文明冲突、文明共存可以超越文明优越，人类携起手来一定能够开创更加美好的未来。

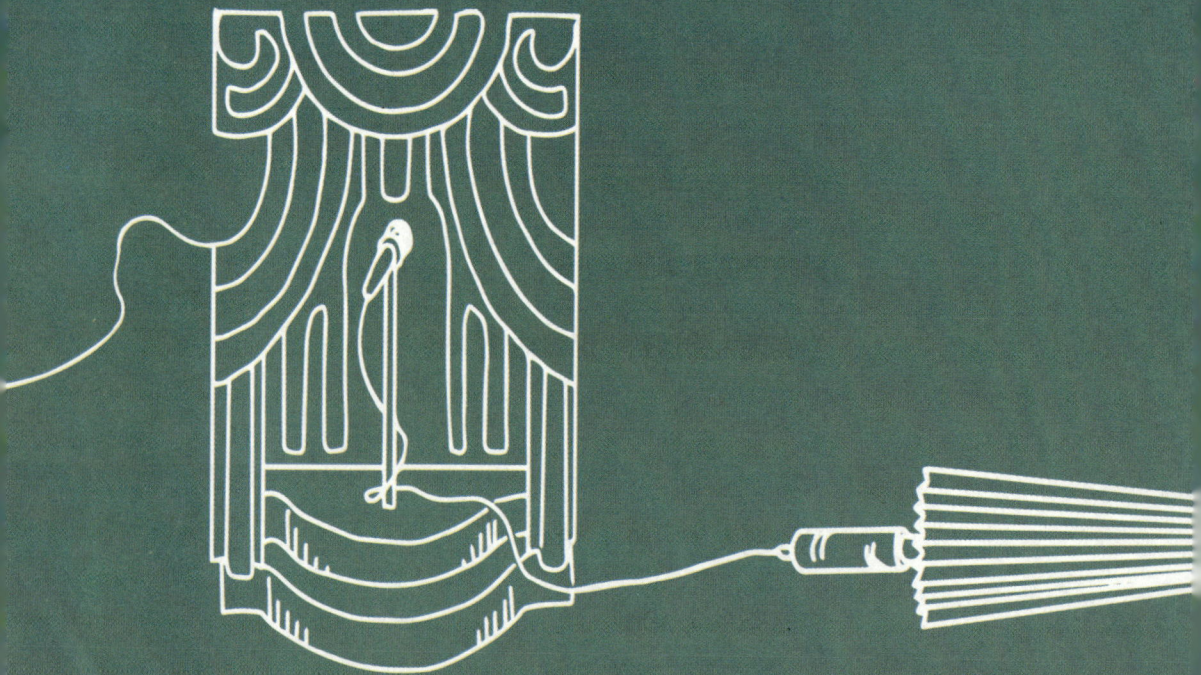

非洲

植物界的中非合作

关键词

"一带一路" 国际合作
生物多样性 命运共同体

写在前面的话

　　中非两位植物学家怀着对科学的共同追求、对植物的共同热爱，发展出亦师、亦友、亦兄弟的朴素情感。20 年前的无心插柳，结出如今科教合作的累累硕果。横跨万里，山河有异，美美与共，目的趋同。为了保护共同的家园，付出的汗水或可称量，收获的价值造福万世。

　　发展中国家共同进步，不是一句空口号，这颗种子正在角落里生根发芽。"一带一路"绿色发展，跨越了不同地域、不同文明、不同发展阶段，探寻着人类可持续发展的源泉。两个人的相遇，或许是机缘的偶然；而两块大陆的拥抱，则是历史的必然。

　　多年以来，中非双方休戚与共、并肩奋斗，缔造了历久弥坚的中非友好合作精神。情谊是珍贵的，中非合作的历史机遇更加宝贵。保护今天，才能造福明天，致敬科学，就是开启未来。

人物简介

王青锋：中国科学院武汉植物园副主任、湖北省植物学会理事长、中国科学院中–非联合研究中心主任。长期致力于中非植物领域的科技援外工作，用植物搭建起中非合作的"绿色桥梁"。2008 年入选中国科学院"百人计划"，2014 年获国务院政府特殊津贴专家称号。

罗伯特·吉图鲁（Robert Gituru）：肯尼亚人，中–非联合研究中心非方主任。1999 年来到中国，在导师王青锋的教授下，完成了植物学田野调查的系统培训。2009 年回肯尼亚，和王青锋教授一同推动了中国科学院武汉植物园与肯雅塔农业科技大学的合作，并共同开辟了中非生物多样性领域合作研究的先河。

相遇的故事

1999 年，没有显赫背景，但勤奋、努力的肯尼亚学生罗伯特·吉图鲁期待能够来中国学习植物学，他向中国教育部提交了申请。因为不会说中文，很多学校都不愿意接收他。

那时还是武汉大学年轻讲师的王青锋听说了这件事，作为乍得恩贾梅纳大学援外专家，他刚刚从东非归国不久。多年后，王青锋回忆决定接收罗伯特到武汉大学读书，如是说："如果不是对非洲的了解和好感，我也不会下决心促成这件事。"正是这次善意的"无心插柳"，给今后的中非合作带来了意想不到的收获。频繁的野外科

考和实验室合作让师生二人情谊愈发浓厚，他们在中非大草原同住一顶帐篷，在湖南沼泽地里性命相托，"我们就是兄弟"。

随着罗伯特的毕业和研究的不断深入，一个设立中非联合研究站、进行联合科学考察、共同开展非洲植物物种研究的想法在王青锋的脑中愈发清晰。经过王青锋多年不间断的沟通推动，以及罗伯特在非洲方面的联络协调，2013 年 5 月，中-非联合研究中心在肯尼亚正式建立，这是我国首个境外大型综合性科教机构，汇聚了来自国内 18 家科研单位以及肯尼亚、

埃塞俄比亚、坦桑尼亚等 8 个国家 15 家科教机构的一批高素质科研人才，获得了联合国环境规划署等国际组织和研究机构的大力支持。王青锋师徒二人更是携手在非洲发现了 14 种新的植物物种。

　　中-非联合研究中心不断为非洲整体科技能力提升和经济社会发展提供"中国方案"，为"一带一路"建设提供源源不竭的科技动力。先进的科学技术和中非传统友谊，在两种文化间不断激荡升华。事业上的成绩固然珍贵，但对二人来说，20 年来共同经历的那些开怀的、紧张的、会心一笑的点滴记忆，或许更加值得珍惜。

访谈录

问: 您当年为什么接受罗伯特来武汉学习的这个申请呢?

王青锋: 那还是 1999 年的夏天,我们收到了一份来自教育部的留学生申请材料,就是肯尼亚的罗伯特,他申请的是植物学。很多学校都不接收,主要的问题是当初他不会中文,只能讲英文。但是我和我们实验室其他的老师商量,决定接收他。原因有二:一是因为在我们实验室英文交流没有问题,讲英语的罗伯特到来,也有利于我们实验室的中国学生,包括我们教师自身英语水平的提高;二是我 1996 年、1997 年在非洲工作过,对非洲有一定感情,对未来的中非合作也有一定的展望。基于这两点我们就接收他了。

从 1999 年入校,到 2002 年博士毕业,再加上后来一年半的博士后生涯,罗伯特在中国和我有近五年的时间在一起学习和生活。

后来他回国任教,由于科研合作的关系,罗伯特经常到中国来,我也常去访问肯尼亚还有其他非洲国家,我们经常有机会见面。包括在野外工作和实验室工作,我们这种交流,延续到现在也有 20 多年了。

对我们来讲，也是一个不断增长知识、不断有新发现的一个过程。

延伸阅读

肯尼亚位于非洲东部，赤道横贯其中，著名的东非大裂谷纵贯南北。东邻索马里，南接坦桑尼亚，西连乌干达，北与埃塞俄比亚、南苏丹交界，首都内罗毕为东非金融中心和交通枢纽。

肯尼亚是人类发源地之一，全境皆为热带季风区，地势较高，动植物资源丰富。

问： 请王老师为我们介绍一下日常工作吧？

王青锋： 我的工作主要就是植物分类学。日常有大量的野外科考工作，包括野外采集、后续实验以及指导培训研究生从事植物多样性和植物进化方面的工作。特别是近十年来，我们的工作重点在非洲，包括肯尼亚、坦桑尼亚等。

在东非国家从事野外科学考察，应当说比较艰苦，但是也很有趣，因为我们看到了很多在国内和世界其他地方看不到的奇特植物、奇特景观。这些植物界发生的有趣现象和事件，

延伸阅读

肯尼亚山（Mt. Kenya）位于赤道附近，海拔5199米，是肯尼亚最高峰和非洲第二高峰，仅次于非洲最高峰乞力马扎罗山（海拔5892米），是东非大裂谷最大的死火山。因其独特的地理地貌，肯尼亚山孕育了大量奇异的高山植物，与我国同海拔区域植物物种相差巨大。

2015年1月，中-非联合考察队在肯尼亚山东坡的乔哥瑞亚瀑布（Chogoria Waterfall）附近采集到了一种全株被白霜的景天科（Crassulaceae）景天属（Sedum）植物，经过鉴定确定为肯尼亚特有的植物新种，命名

为肯尼亚景天（Sedum keniense, Y.D.Zhou,
G.W.Hu & Q.F.Wang），发表于国际植物分类
学期刊 Phytotaxa。

问：在非洲做野外调查，和其他

地方有什么不一样呢？

王青锋：个人来讲，我觉得去非洲和到其他地方去考察，没有多大区别。但是非洲由于受基础设施和一些条件的限制，的确相对艰苦一点。干旱、少雨，几天不能洗澡很正常。蚊虫叮咬，有一些还带毒，也是常态。到很偏远的地方去，还会遇到大型野生动物的威胁，需要考虑得更周密一些。

语言障碍也是困难之一。这个时候罗伯特的优势就体现出来了，他对当地很熟，和老乡交流对话不费力，不管是说斯瓦希里语，还是说其他语言，因为他懂的语言有五六种。

我们去非洲做野外调查是很高兴的，到偏远地区以后，住在简易的旅馆，有时候还住帐篷，是很快乐的。因为科学家到野外去了以后，特别是我们这种植物分类学的，就觉得真的是回到了自己欢乐的天地，非常高兴！

延伸阅读

蓬头半边莲（Giant lobelia），是桔梗科多年生粗壮草本植物，仅分布在乌干达和肯尼亚高山荒漠直至雪线带，为王青锋教授发现。叶莲座状生长，花序不分枝，苞片有茸毛，远看像散乱的头发，与国内药用植物半边莲具有较近的亲缘关系。国内有植物学者称其为硕莲，也是考虑到和普通小草本的半边莲相比，这些植物硕大无比。该植物出现在王青锋作为主编、罗伯特作为副主编编纂的《肯尼亚常见植物》（Common Plants of Kenya）一书中，这本书也是两人友谊的见证。

问： 如今您和罗伯特身处不同的国家，甚至不同的大洲，现在是如何展开合作的呢？

王青锋： 实际上在肯尼亚，就是罗伯特的学校（乔莫·肯雅塔农业科技大学）有一个合作的平台，叫作中－非联合研究中心。罗伯特是非方的主任，我是中方整个协调联合的主任。有了这个平台，无论是协调实验条件还是其他资源，和十年前、二十年前比，都有了很大改善。我每年去肯尼亚还有其他非洲国家，一般不下十趟。罗伯特也因为会议和项目合作的需要，经常到中国来，比如北京、武汉。我们在近十年的沟通合作过程中，见面的机会甚至比以前更多。

这个平台的搭建，是从 2009 年我到科学院工作开始，我们想在生物多样性，特别是在植物这一方面，在非洲寻找一些开展合作的机会。尤其是那个时候，我们武汉植物园，包括科学院，都在想如何提高科学研究的国际化，拓展视野，拓展研究的空间。带着这样的思考，2009 年我又去了非洲，在南非、肯尼亚几个国家看了一圈后，和罗伯特商量合作开展生物多样性研究，以及设立联合研究站、进行联合科学考察等事宜。

后来，很多志同道合的、领域内的专家学者都加入进来，开展工作。这个平台也逐步扩展成了联合研究的综合平台，有兴趣的科学家都可以加入。

这就是 2013 年我们正式在肯尼亚成立"中国科学院中－非联合研究中心"的由来。

我想，这个中心的成立，既是源于我 20 多年前非洲的工作"情缘"，也是有了培养非洲学生的"情谊"。罗伯特与我之间这种很好的师生友谊、个人友谊，就像我们自己平常说的，"我们就是兄弟"。

延伸阅读

中－非联合研究中心，是我国对非援助半个多世纪以来，既有传承又有创新，科教合作援助模式下的硕果。经过 6 年发展，中心现已建成以肯尼亚为大本营，辐射坦桑尼亚、马达加斯加、埃塞俄比亚的东非合作网络平台，与 10 多个非洲国家近 20 所大学和科研机构保持着长期稳定的科研合作关系。

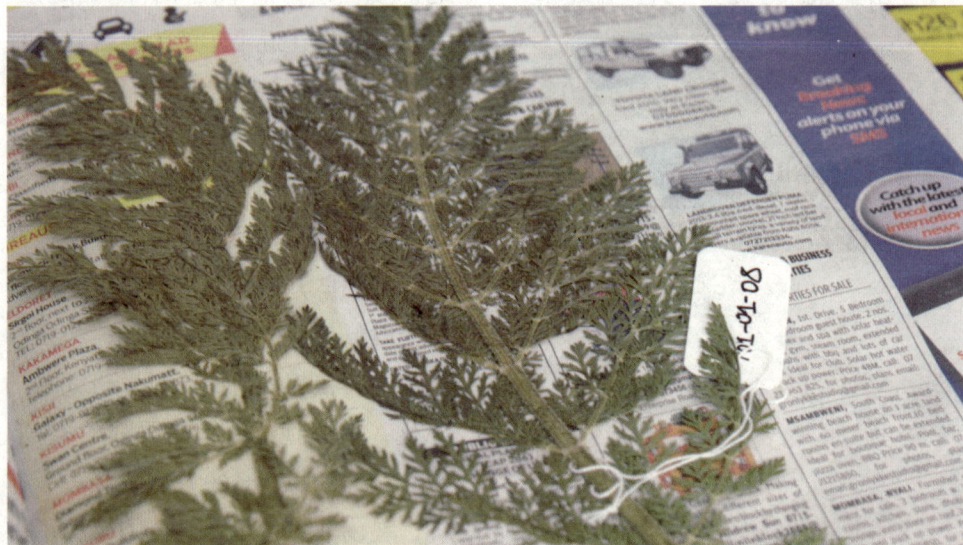

2018 年全国政协主席汪洋在肯尼亚访问期间考察了中–非中心，并给予高度评价。

目前，中–非中心共联合实施了 64 项科学合作研究项目。中非双方共开展了生物多样性、水资源分布、土地利用等方面科学考察 60 余次，联合出版学术著作 8 部，合作发表研究论文 424 篇，主办各类学术研讨及培训班 30 余次，着力提升非洲国家科研技术水平。同时，中–非中心为非洲各国杰出青年学者提供研究资助或来华进修奖学金，已招收培养硕士、博士研究生 254 名。

问： 请简单介绍一下您自己？

罗伯特·吉图鲁： 我叫罗伯特·吉图鲁，在乔莫·肯雅塔农业科技大学工作。我们的大学是肯尼亚领先的农业和技术大学，在东非也是如此，坐落于距肯尼亚首都内罗毕市中心仅几公里处。同时，我也是中–非联合研究中心的创始主任，该中心位于我们大学的主校区。中–非联合研究中心是我们大学和中国科学院武汉植物园合作建立的。

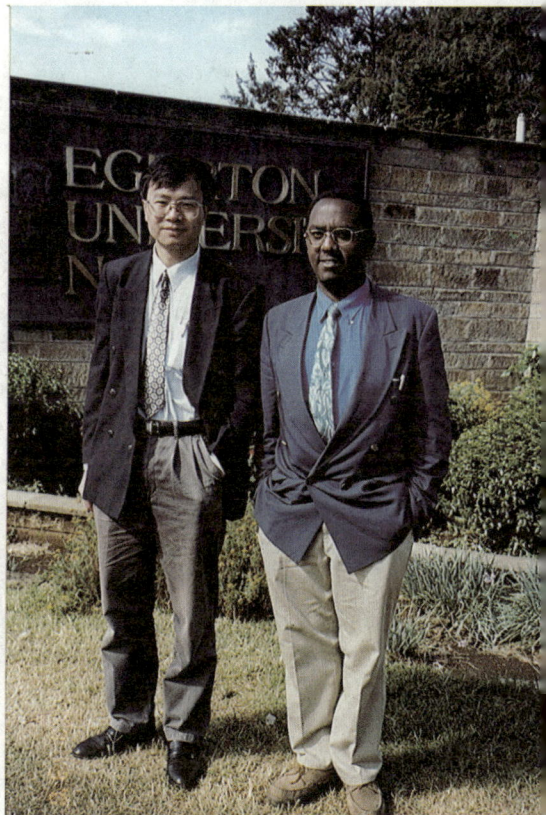

延伸阅读

内罗毕（Nairobi），肯尼亚的首都。位于肯尼亚中西部海拔1600多米的高原上。当地马赛语中"内罗毕"的意思是"冰凉的水"，因其年均温度17.7℃的凉爽气候而得名。城中绿树成荫、花团锦簇，又有"阳光下的绿城"之称。

内罗毕作为东非最大的城市，不仅是交通枢纽，还是政治中心。联合国内罗毕办事处由联合国环境署和人居署的总部以及其他联合国机构驻肯办事处组成，是联合国唯一设在第三世界国家的办事处级别的机构，与联合国日内瓦办事处、联合国维也纳办事处等纽约总部以外的大型驻地机构平行。

问：您还记得第一次见到王青锋教授的情景吗？

罗伯特·吉图鲁：当然。那是

1999 年的夏天，非常非常热。乘坐一个通宵的火车后，我从北京来到中国中部的武汉。在实验室里，我第一次见到王青锋教授。他跟我聊了一会儿后，用中文和其他学生交代着什么。我当时完全不懂中文。后来，其他同学告诉我，王教授说："照顾好我们的新客人。"

王教授给我留下深刻印象的就是他的严谨和细心。这个特质在我们植物生物学，特别是水生植物的田野调查中更加重要。因为我们在观察记录这些植物的生殖、授粉的过程中，需要在潮湿的环境里，待上很长时间。他不允许我们学生走捷径，需要拍 20 张照片，而你拍 5 张，这是不允许的。科研是很严谨的事，他会坚持让我们把事情做好。

他脚踏实地，又充满亲和力。如果他想纠正你，他会直接说；如果他要表扬你某件事，他也会直接表扬。这在非洲文化中也很受欢迎。

问：据说王教授曾经救过你？

罗伯特·吉图鲁：是的，那还是在学生时代。在湖南，一次沼泽地任务中，我们遇见一片非常平坦的绿地，让我误以为是内罗毕郊外那种可以站在上面放牛的沼泽。但我错了，那实际上是个湖泊，植物铺满了水面而已。我站上去瞬间落水。

王教授和另一位同事冒着危险冲到旁边，用一根棍子把我拉上来。那天，王教授冲我发火了，我知道他在担心我的安全。我永远忘不了那段经历。

当晚我非常后怕，和三个同事溜出去喝了很多白酒。白酒帮助我冷却了神经，很神奇。

问：据说您的酒量很好？

罗伯特·吉图鲁：喝白酒本身就是一种中国体验。这是一种由大米加工而成的酒，非常中国的酒。这种酒很厉害，会刺激你的喉咙，但同时，也能让你精力充沛，让你焕然一新，让你清醒。当然，要记住，不能喝太多。

并不是每个人都喜欢白酒，我个人非常喜欢。现在在肯尼亚，白酒也越来越受欢迎。王教授喜欢，但是他酒量并不大。有时候在社交场合，我俩约好，他负责碰杯但只喝一点，然后悄悄给我，我非常乐意一饮而尽。王教授不会醉，我也不会，这是"双赢"。

有一次，王教授惊讶地对我说，我能喝二斤。我并不太清楚这个标准有多高，但我很高兴能欣赏这种中国饮品。

问：地跨亚非，在不同的国家生活，您现在和王青锋教授是如何合作的呢？

罗伯特·吉图鲁：现在的合作比我刚从中国回来时容易多了。因为我们有了中-非联合研究中心这个平台。我们一起正在进行的植物学项目叫作肯尼亚项目，这是一个雄心勃勃的研究计划。预计需要肯中两国的科研人员大约 15 年的努力，包括王教授和我。这意味着我们必须进行大量的实地研究合作，来记录、研究和保护肯尼亚的植物群落。所以，王教授不时地到肯尼亚来，我和肯尼亚的团队也不时地飞到中国来。

这个项目，以及中-非联合研究中心研究平台上正在进行的其他几个项目，使我们的合作更加容易。让我

们的交流成为日常，能够持续进行。

非洲有丰富的动植物资源，但年轻的非洲学者缺乏必要的技巧、可用的设备和足够的经验。通过建立这个中心，新一代的非洲年轻学者就可以在家乡做出成绩，和中国同仁一起用行动保护非洲的动植物生态。

延伸阅读

东非地区拥有种类和多样性极其丰富的植物资源，长期以来并不为人所知。王青锋教授认为，"对于非洲国家来说，生态保护的第一步，就是摸清家底。"目前，中－非中心与肯尼亚国家博物馆正在进行《肯尼亚植物志》的联合编研工作，两国将邀请100余名植物学家共同完成，这本工具书将填补在此领域的学术空白。

《肯尼亚植物志》的编写与中国科学院国际合作局对中国"走出去"发展战略的实施非常契合，它将是与国外科技领域合作的标志性成果，这也将是前所未有的开创性工作——中国科学家第一次作为主要编写人员参与编写另一个国家的植物志。

亚洲

古曲会新友

关键词

以美为媒　以艺通心
艺术共振　文化自信

写在前面的话

　　两个一衣带水的邻邦，两种历史悠久的乐器，超越语言的隔阂，奏出理解包容与对未来共同的愿景。远古时，语言还没有出现，就有了音乐。在当下，音乐依然是超越语言的沟通桥梁。于无言处诉说，更真挚；于无字处书写，更灵动。

　　一次偶然的相遇，一次必然的同台。两位顶级音乐家的指尖共舞，琵琶与奚琴的二重奏，让每个聆听的人都因此而沉醉。她们已经超越个体，化作文化符号相映成辉。作为音乐教育家，她们深入的合作，也把交流理解的种子播撒在新一辈的沃土之中。

　　彩蝶携手振翅，或许力量微小，背后飓风般的文化乐章奏响，必然浑厚。艺术共振，时代探索，古老国粹走进国际视角的现代语境，不同国家的演奏者们饱含千百年不变的深情。文化走出去，朋友迎回来。

人物简介

章红艳：中国当代杰出琵琶演奏家、教育家，中央音乐学院教授。我国第一位以中国乐器与西方交响乐队合作举行协奏曲专场音乐会的演奏家，被喻为"琵琶皇后"。

卢银娥：韩国首尔艺术大学音乐系主任、奚琴演奏家。

相遇的故事

2018 年 11 月，来自中央音乐学院的章红艳教授受邀携 4 名学生在首尔艺术大学演出。精彩的二胡、笙、扬琴、大阮加上章红艳的琵琶演奏，给韩国首尔大学的卢银娥教授留下深刻印象，并对中国传统的音乐风格和民族乐器产生了浓厚的兴趣。

演出后，卢银娥激动地邀请章红艳共进午餐，她们相谈甚欢，并定下了一年之约：第二年暑假要在中国见面，合办一场中韩合奏音乐会。此后的一年时间，卢银娥开始了积极的准备工作，她甚至专门邀请一位韩国作曲家为音乐会谱写了合奏曲《银汉》。

银汉又称银河，似宇宙中的江水一般。在漆黑的宇宙中凝视着如江水般闪耀的银河，令人想到宇宙的伊始，也想到了超越时空国界也熠熠生辉的情感共鸣。

章红艳同样非常期待这次演出，2019 年 8 月，她邀请卢银娥去自己的工作室排练，有趣的是，两人竟像合作多年的好友，虽然语言不通，但是一个眼神、一个音符，就拥有了常人无法比拟的默契。最终演出非常成功，台下掌声经久不息。

两个国家，两种传统，两所大学，两位教授，因为音乐走在了一起。在未来，她们希望带着更多学生，共同奏响中韩古典民乐合作交流的新乐章。

访谈录

问： 琵琶演奏家、音乐教育家和中国音乐国际化的推动者，您怎么看您身上的这三种身份？

章红艳： 我从10岁起就进了中央音乐学院，我们应该是第一批的附小学生。是真正的一条龙——附小、附中、本科、研究生，直到留校，一直到今天教授琵琶专业。所以我既是一个演奏家，也是一个准教育家。在教了很多学生的同时，我一直在世界各地的舞台上，带着琵琶传播中国音乐文化。

首先，教学让我收获非常多。所谓教学相长，我可以把在舞台上直接获得的经验教授给学生，同时从他们的反馈里获得启发。我想中国的音乐在我们这一代人身上的任务，不仅是传授技艺，还要传承中华民族的文化与艺术。这样的音乐才是有历史的。

我们这一代人是非常幸运的，接受了最好的教育，又有很多机会可以开阔眼界，能走出国门到世界的舞台上去展示。同时，我们又接受中西方音乐的双重教育，在国际上进行对话交流，可以做到知己知彼。

相互融合、共同发展的时代，需要中国人贡献自己的智慧。我们既是这个浪潮的一部分，更承载着这样一种使命。

延伸阅读

中国的民族音乐体系以五声调式即宫、商、角、徵、羽为基础，内容丰富、理论完备、特色鲜明。这一体系不仅深深植根于中国的音乐文化之中，还被传播到世界各地，成为世界音乐体系的重要组成部分。

自古，中国在音乐领域就与世界其他地方有密切的交流、学习和互相借鉴。早在汉代，随着佛教的传入，印度教音乐和天竺乐就对中国的音乐产生了重要影响。近代以来，随着清朝末年"学堂乐歌"运动的开展，中国与西方等国家的音乐交流不断加深，大量西方音乐开始传入中国。新中国成立以后，特别是改革开放以来，中国音乐加快了发展和改革的步伐，加强了与世界的交流融合。

问：能简单介绍一下您专业领域的乐器琵琶吗?

章红艳：琵琶这件乐器已经有两千年的历史了。从文献资料中，我们知道琵琶的这个名称来源一个说法是："推手前曰琵，迎手却曰琶。"意思就是说往前弹是琵，往回拨就是琶。因

为古时候是用拨子演奏的，不像现在戴着指甲演奏。由此可见，琵琶是以演奏手法而得名的。

随着时代的发展，它开始"开枝散叶"，阮、三弦、柳琴等，这些弹法的乐器都和琵琶有不解的渊源。琵琶这件乐器在每一个时代都在往前走，每一个时代都给它注入一种智慧，让它发展到今天。

所以我说，琵琶其实是一直活在当下的乐器。它活在每一个时代当中，在每一个时代当中都在往前走，与时俱进，既古老又年轻。它有这么长的历史，有很多的古曲，同时又可以演奏全世界各种各样的音乐。凭借其丰富的技法适用东西，横跨中外。

一件乐器一种音乐，必须要表达属于它自己的情感，无论在多大的舞台上它还得讲"中国话"、中国故事，融入中国人的情感。一个演奏家，表达的东西越真诚，听众就越能感受得到。

延伸阅读

琵琶，弹拨乐器首座，拨弦类弦鸣乐器。木制或竹制，音箱呈半梨形，上装四弦，颈与面板上设有确定音位的"相"和"品"。

演奏时竖抱，左手按弦，右手五指弹奏，是可独奏、伴奏、重奏、合奏的重要民族乐器。琵琶是中国传统弹拨乐器，已有两千多年的历史。最早被称为"琵琶"的乐器大约在中国秦代出现，其后传播到东亚其他地区，发展成现时的日本琵琶、朝鲜琵琶和越南琵琶。

问： 您是如何与卢银娥教授相识并有了第一次合作的呢？您对她的印象如何？

章红艳： 她是个温文尔雅的人，漂亮极了。但当我跟她合作的时候，又发现她是很有张力的。我们第一次相遇是在 2019 年冬天，我带了一个中央音乐学院的小组去韩国，跟这些艺术大学交流。

那次卢银娥教授并没有演奏，但演出后我们建立了很好的关系，希望共同推动两国音乐家的合作。这是特别有意义的一件事，我也特别感谢卢教授积极地推动这次"盛举"。

于是我们决定 8 月在北京的韩国文化中心，先来做一场我们两个人的音乐会。让韩国听众听一听琵琶，也让中国听众感受一下很少有机会听到的奚琴。

回忆起当时的那场演出，我还会有一下子被带到现场的感觉。音乐是有记忆的，音乐家特别幸福的就是，他的记忆不仅是一个画面，还能用音符把画面留在心里。

虽然我们只有两个人,但首次进行这样的合作也是值得庆贺的。当时排练时间有限,有很多不尽如人意的地方,但是我认为意义非常重大。因为这是我们首次用这样的形式在一起演奏,无论最终呈现出什么样的效果、什么样的音色搭配,我都觉得这次合作开启了先河,开启了相互之间的了解,并且为更深入的交流创造了契机。这样的合作是非常有意义、有价值的。

无论是与哪一个国家交流,我们在世界上任何地方,都需要真正去理解对方,这是全球化时代赋予我们的使命。

延伸阅读

韩国传统音乐大体上可以分成两大类:一类叫"正乐",一类叫"俗乐",前者是宫廷音乐,后者是民间音乐。这两大类又可以分成许多小类,从而构成整个韩国音乐。

常见的乐器有:奚琴、伽倻琴、玄琴、扬琴、牙筝、大笛、小笛、箫、短箫、太平箫、笙簧、喇叭、螺角、洞箫、拍板、编钟、编磬、腰鼓、锣、鼓等。

问: 在我国发展繁荣的当下,您怎么看民族音乐领域的国际化?

章红艳: 新中国成立后,中央音乐学院是中国第一所音乐学院。当时的老师们,也就是很多现在的老教授们,创建了中央音乐学院的民乐系。

可以说我们民族音乐这个领域,就是随着新中国这70年的发展而发展的。一代一代的传帮带,从民间走向了专业音乐教育,并跟世界不断进行交流,融入了整个世界音乐领域的大发展当中。

回顾历史,中国传统音乐在唐代发展得特别好。我们周边包括韩国、日本等国家,派了遣唐使来学习。同

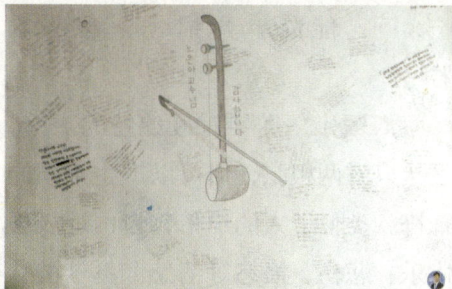

时中国也在向外学习，那是个交融的时期。可见，音乐大发展，都是在交流非常广泛的时期。

今天我们又到了这样的一个时期，作为中国音乐的传承人，我们整个中央音乐学院的全体音乐人，都觉得特别幸运。我们赶上了一个好的时代，相信在这个时代会有更好的发展。

问：能简单介绍一下您的乐器吗？

卢银娥：奚琴有最独特的声音，虽然只有两根弦，但可以产生不同的音符。类似于人的声带，自由地表现快乐、悲伤、愤怒等情感。奚琴被认

为是 21 世纪的乐器。

我在世界各地看到很多类似小提琴的乐器，比如中国的二胡、印度的萨朗吉琴、日本的胡弓，虽然看起来不同但都有渊源。其中奚琴听起来最像大自然的声音，因而广受欢迎。

韩国传统乐器有八大元素：金属、石头、线、竹子、泥土、皮革、葫芦和木材。奚琴的"元山"（奚琴部件），一个葫芦里只能得到一个；用从茧里得到的天然材料做成弦；琴弓由马鬃制成；板的部分是泡桐木做的；还有玉石做的部分。八种天然的材料共同组成了这把奚琴。

延伸阅读

奚琴（해금）是韩国传统乐器，源于中国，是二胡的前身。最初为唐末中国北方西奚族（今河北怀来县一代）所用，宋代宫中避忌胡名，改称奚琴为嵇琴，相传为嵇康发明制作。奚琴最初是弹拨乐器，北宋文人欧阳修

《试院闻奚琴作》一诗中写有："奚琴本出胡人乐，奚奴弹之双泪落"，证明演奏方法是弹拨。后来发展出用竹片刮奏，宋代始有马尾胡琴，使之成为拉奏乐器。北宋著名科学家沈括在《梦溪笔谈》中曾提及嵇琴在宫廷宴会上用于独奏，并有较复杂的换把、移指等演奏技巧。

问：您对与章红艳教授的那次合作有怎样的回忆？

卢银娥：虽然演出的时间很短，

排练也稍显仓促，但我们都很真诚地投入那场演出中，并真的感动了观众，因为我们都把情感融入了这场演出。

我曾经和许多来自世界各地的音乐家一起表演，用不同类型的乐器，说着不同的语言，但音乐表达非常相似。和章教授一起表演最令人难忘的是，她和我的风格以及在音乐的诠释上都非常相似。

我给她看了一张简单的韩国传统音乐乐谱，她不仅演奏了它，而且对这首曲子很感兴趣。她还给我了一段在中国经常演奏的二胡音乐，我也用自己的奚琴来演绎，观众的反应非常好。

音乐会结束后，观众们反响热烈，他们并没有马上离开，对此我很感激，我们签了名并和他们拍了照片。随后，我、张教授与韩国文化中心主任共进晚餐。我们谈论音乐，分享心得，直到深夜。

我觉得和章教授在一起很舒服。她很有幽默感，说话时措辞谨慎，既体贴又认真。她有让周围人在任何时候都感到舒适的亲和力。

我希望未来能有更多的机会与章红艳教授合作。当然，我们都很忙，在韩国我忙着教学和表演，而章教授似乎更加忙碌。我们的合作在夏季和冬季的假期里或许机会更多一些。

延伸阅读

音乐会上，两位演奏家共同演奏了韩国作曲家李成千的作品《下弦的变容》。该曲以韩国传统音乐灵山会为基础，最初发表于1989年，户银娥的奚琴演奏与章红艳的琵琶演奏相融合，实现了中韩两国传统音乐的交融。此外，两位音乐家还分别表演了中韩两国传统音乐的代表独奏曲目——琵琶独奏《春江花月夜》《龙船》、奚琴独奏《池瑛熙流奚琴散调》。

韩国作曲家姜相求为此次音乐会特别创作的作品《银汉》作为压轴曲目惊艳亮相，奚琴演绎了韩国传统旋律，琵琶则将观众带入银河无限空间的想象之中，两位音乐家用时而优美、时而激扬的琴声共同奏出了中韩传统文化交相辉映的和谐乐章。

问：作为老师您觉得有什么样的责任？

卢银娥：我是首尔音乐艺术大学音乐系的系主任。从初中接触奚琴开始，到大学里专业学习奚琴，一直到获得奚琴领域的硕士和博士学位，时间已经很久了。

一完成学业，我就加入了 KBS 的传统音乐乐团，并与他们一起表演了15年。在那之后，我来到这所大学并开始教学。教学让我的角色发生了转变，从必须在舞台上大放异彩，到把技法和思想教授给学生。这是一个很重的责任，我仍然在努力做好这个角色。

说实话，教学生更快乐，因为我从小就梦想成为一名教育家。当然，教学的工作量很大，除了通过表演进行教学外，还有许多文书工作要做，要做计划，要给反馈。不仅要教音

乐，还要育人。工作量虽大，但也很有收获。

问：您能讲讲中国与韩国传统乐器方面的联系吗？

卢银娥：韩国传统音乐和乐器与中国有着悠久的历史渊源。仅从奚琴的角度来讲，它是中国北方部落经常使用的乐器。在1116年左右的高丽时期传入韩国，并进一步发展，注入了诸多韩国元素，成为一种韩国乐器。

在中国，二胡和奚琴很像。在东北亚有许多类似的乐器，如中国的二胡、韩国的奚琴、日本的胡弓。简单地比较，二胡是蛇皮做的，奚琴是泡桐木做的。二胡的弓是由金属弦制成

的，更容易表达快节奏的曲调，就像一匹快跑的马。我们使用反向技术，利用手的压力来发出声音。尽管相似，可能有着共同的历史根源，但中国和韩国的乐器使用不同的技巧，发出不同的声音。

可以这样说，奚琴起源于中国，但是当它来到韩国时发展了。所以，中韩两国的交流，韩国的奚琴和中国的琵琶一起表演，有着非常重要的历史和现实意义。

延伸阅读

日本乐器胡弓（こきゅう）。类似"缩小版"的三味线，制作的材料也和三味线类似，但三味线是拨弦演奏，而胡弓则是拉弦。由二胡、胡琴发源而来。

演奏时将琴身立在地上，用弓摩擦发声，姿势有些类似于蒙古族的马头琴，不过依照日本传统习惯为跪坐在地上。

问：您对中国的印象如何？
卢银娥：中国距离韩国很近。我

第一次去中国是在 21 世纪初，它给我留下了非常深刻的印象。中国是一片广阔的大陆，在某种程度上，整个韩国就像中国的一个城市。在各地人们的生活方式非常不同。

第一次之后，我又去了几次，不管是旅行还是演出，每次去都有新的感觉。另一个独特的感受是，在 IT 领域中国的发展速度比韩国快得多。我每次来都很惊讶。

门墩师生情

关键词

古建改造　民俗文化
非遗保护　文化传承

写在前面的话

　　文化，作为一个概念，使历史流转中的宏大叙事与街坊巷间的琐碎过往并存。中日之间，汉字为线，千年的文化交流绵延不绝。一个生长于斯，一个远道而来，因门墩而结缘，成就了一段珍贵的北京往事。

　　互相敬重，不仅因为品格和学养，更因为背后相通的文化底色。保护历史文物是传承中华优秀传统文化的必然要求。从最不起眼的角落做起，在喧嚣奔涌的时代大潮中努力，做到这一切的不仅有中国人，还有许许多多被这一方文化感动的"他乡客"。

　　山川可亲，街镇有情。相知相遇，也许不只是现实中的面对面，更是精神上的灵魂共鸣。

人物简介

　　马振声: 1939 年生,北京人。国家一级美术师,其作品以中国水墨人物画为主。现为中央文史研究馆书画院名誉院长,北京语言大学艺术学院名誉院长。

　　岩本公夫: 日本人,1937 年生于广岛,父亲为制作古琴的工匠,他本人则一直在大阪的一家汽车销售公司工作。56 岁那年,他从公司辞职,决定开始自己的新人生,于是携夫人双双来到中国,开始了在北京语言大学的留学生活,一待就是三年。期间对北京门墩产生浓厚兴趣,留下了近万张珍贵历史影像,并出版了《北京门墩》一书,是第一位对中国门墩进行系统性研究的外国人。

相遇的故事

　　1995年，56岁的岩本公夫从公司辞职，因为热烈向往中国文化，年近花甲的他偕同夫人一起漂洋过海，来到北京开启求学生涯，成为北京语言大学年纪最大的留学生。在学习书法的过程中，他认识了在此任教的马振声，年岁相当的他们开启了一段亦师亦友的情缘。

　　在中国，岩本最大的爱好就是业余时间骑着单车逛胡同。彼时正值北京旧城改造，大量造型精美的门墩散落于地，这让岩本可惜又焦急。在一次次北京胡同走访中，岩本被这个充满历史厚重感和时代特征的物件深深

吸引，从此一发不可收拾地成了"门墩迷"。20世纪中期，日本在各地大规模推进的城市开发进程中，导致很多民族文化符号消失。出于这种遗憾和感慨，岩本公夫希望能够尽自己所能将中国门墩尽量留存。他将想法告诉了最信任的老师马振声，并得到了马教授的全力支持。通过与校方的协调，岩本从北京各处的拆迁工地收集来的25组成对的门墩以及7个单体门墩，在北京语言大学的校园一角安了"新家"——枕石园。1998年底，岩本在北京调研的成果《北京门墩》得以在北京语言大学出版社出版。他将自己多年拍摄的3000多张珍贵的门墩照片集结成册，珍而重之地赠予马教授。二人成就了一段中日文化交流的佳话。

访谈录

问: 您初次见到岩本先生是什么时候? 您当时教授什么专业? 对他的印象如何?

马振声: 1996 年, 我从四川美术家协会到了北京语言大学筹备艺术系。岩本公夫先生来的时候, 恰是我们艺术系的草创阶段, 我们欢迎各国的年轻人到语言大学来学习中国的传统文化艺术。岩本公夫夫妇两人是一起来的, 是班上年纪最大的学生。他们夫妇两人跟同学们相处得非常好, 对老师非常尊敬, 学习也非常刻苦。

我当时主要教授的就是书法、绘画。岩本先生本人很喜欢中国画, 也喜欢书法。而且那时因为草创阶段, 学生不是很多, 我对他印象很深刻。我最喜欢他的就是严谨、勤奋, 而且虚心。不管什么事情, 他都是吃苦在前, 好多事情他抢着做在年轻人前面, 没有任何抱怨。

我们既是师生又是朋友, 亦师亦友, 在一起相处非常融洽。所有老师都喜欢他们。

延伸阅读

北京语言大学是中国教育部直属高等学校, 创办于 1962 年, 在周恩来总理的亲自关怀下建立。1964 年 6 月定名为北京语言学院, 1974 年毛泽东主席为学校题写校名, 1996 年 6 月更名为北京语言文化大学, 2002 年校名

简化为北京语言大学。北京语言大学是中国唯一一所以对来华留学生进行汉语、中华文化教育为主要任务的国际型大学，素有"小联合国"之称。中外毕业生中涌现出了一批著名的政治家、外交家、汉学家、企业家和新闻工作者。他们中很多人活跃在外交、外事、外贸等各行各业，为中外文化交流和汉语国际推广作出了独特贡献。

问：岩本公夫先生是在怎样的机缘下对北京的门墩产生兴趣的呢？

马振声：岩本先生来求学时恰逢北京城市改造的高峰。两条东西干线的拓宽工程，一个是两广路，另一个是平安大道。这两条路涉及的施工区域都是旧城区，有很多老的胡同、老的四合院。

有一次，我们一起去美术馆看展览，在路上他突然问我："老师，你知道门墩吗？"由于他的口音，我一时没听懂。反复询问才清楚他说的是门墩。我说这个我清楚，北京人都对门墩感情非常深。一首儿时的童谣这样唱：小小子儿坐门墩儿，哭着喊着要媳妇。现在要媳妇干吗？点灯、说话，吹灯、做伴。

骑着门墩跳来跳去，是很多北京小孩都有的回忆和经历。所以他一说门墩，我就感觉特别亲切。

我就问怎么想起问门墩，他说他看到了很多拆迁工地上拆下来的门墩，丢在那没有人理、没人管，也没人收拾。这些东西很宝贵，需要把它们保护起来。

他讲到，当年日本的和服上头有一种类似带钩的部件。和服穿得少了，大家对这个也就无感了。多少年以后，作为文化记忆却越来越珍贵。

他联想到这件事情，说门墩如果现在不好好保护的话，将来人们是要后悔、要遗憾的，这是很大的憾事。

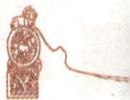

我很惊讶，因为北京人对门墩感情这么深，每天出来进去都见到那么多门墩被拆下来，但是还真没有人想到怎么保护的问题。所以我说他的想法挺好。

自此以后，他就每天下课骑着一辆旧自行车，到工地上，到要拆的胡同里边，一个一个地去找。

延伸阅读

门墩，又称门座、门台、门鼓、抱鼓石。是我国传统民居中，大门底部起到支撑门框门轴作用的一个石质构件。

作为四合院建筑的重要组成部分，整体称门枕石，门外部分称为门墩，门枕石在中间有一个槽用于支撑门框，门内部分有一个海窝用于插入门纂，也就是门轴的下端。向上与固定在中槛上的连楹一起发挥固定门轴、舒畅开关的作用。

除了实用功能，门墩还是很有特色的文化载体，其上通常雕刻传统的吉祥图案，因此可以说是了解中国传统文化的一扇"石刻艺术品之窗"。

问：看到他的这种执着，您是怎么做的呢？

马振声：我非常佩服岩本先生对传统文化的保护意识，这是我们需要向他好好学习的地方。当时说过保护门墩以后，我没想到他就行动起来了。作为一个外国人，认认真真地在地图上把门墩的位置全都圈出来、点出来。那么大的一张北京地图，圈得满满当当。哪有门墩他都有记录，哪拆了他也有记录，他清清楚楚做了调查，下了真功夫。

我很感动，就提出把门墩作为岩本在语言大学艺术系学习的一个课题。专门找一个老师，指导这个课题。他说那太好了，高兴极了。

本着对这个事情负责的态度，我找到我的启蒙老师，传统文化修养和功力非常深的侯长春先生。他毕业于北京师范大学美术系，在文学、艺术方面修养都很深、很全，甚至对京剧也很有研究。月琴、二胡、京胡，三大件全都精通。他对传统文化的理解力是旁人所不及的。

侯先生来指导这个课题的研究，

最合适不过。后来证明侯先生对岩本的门墩研究，的确帮助很大。从那以后，岩本先生就把门墩作为一个课题来对待，毕业的时候还写了论文。

此外，岩本先生收集门墩实物的过程中，发现没有人管的、丢弃在那的门墩，就用出租车拉到学校里面来，放在他的学生宿舍门口。放多了以后，行政处反映，这些东西把草坪全给压坏了，需要清理。

我就跟我们人文学院的几位领导沟通，大家对这件事都很支持。于是干脆把这些门墩拉到人文学院门口两块空地上面集中。通过逐渐积累，形成四五十个的规模。以此为基础，我跟学校领导建议修一个园子，正式作为文物保护起来。学校采纳了这个意见，在人文学院西侧小展厅的对面，开辟了一个园子，取名就叫枕石园。侯长春先生还特地写了一段文字，刻在石头上。这在学校的文化建设中也

是一景，效果很好。

　　一个日本人，对我们中国传统文化的保护意识这么浓、这么强，我真是感觉有一点惭愧。同时也为能在学校建这座枕石园，感到欣慰，这是一件很好的事情。通过枕石园，引起我院很多留学生对中国传统文化的兴趣。

　　问：您怎么评价岩本公夫先生的研究呢？

　　马振声：他对中国传统文化中的门墩，做了这么多研究和保护性的工作，而且成绩很突出。我觉得我们应

该给予肯定、给予表彰。

　　记得 1999 年，在中国美术馆举行的我的个人画展期间，岩本先生还专门来过。他说他的门墩研究又有了发展：他去西安做了一个调查，收集了很多资料。过了两年，他又去了云南、江浙等几个传统文化丰富的地方。

　　他在中国历史博物馆办了一个门墩的展览，影响颇大。国内很多搞建筑的、搞古代石刻研究的专家都去了，普遍对这个展览评价很高。

　　对岩本先生的努力做出肯定，会

影响我们的年轻人，激励他们保护自己民族文化的热情。

延伸阅读

门墩有精美的图案，借助人物、草木、动物、工具、寓言、几何图案；表达了建筑者希望长寿、富贵、祛邪、除秽、夫妻美满、家族兴旺的美好心愿。

比如"飘带与书卷"纹样，寓意"好事不断""读书传家"；"佛手柑、寿桃、石榴"纹样，寓意多福、多寿、多子嗣；"刘海戏金蟾"纹样，寓意富贵、人丁兴旺。

不仅有这些民俗纹样，还有一些取自宗教符号。比如取自佛教的"八宝"纹样：轮螺伞盖花罐鱼肠；取自道教的"暗八仙"纹样：汉钟离的宝扇、吕洞宾的宝剑、张果老的大幽鼓、曹国舅的拍板、铁拐李的葫芦、韩湘子的笛子、何仙姑的荷花、蓝采和的花篮，八种物件的图案象征着八仙庆寿，也非常吉祥。

问： 您当初是如何决定要到中国来呢？

岩本公夫： 那一年我妻子50岁，因为她不能再教书，所以辞职了。我们决定来中国，首先学习中文，我打算学习炭画，我妻子学书法，然后再进一步研究我们的爱好。学习中文真的是不容易，但关于爱好我收获很多。在北京语言大学学习的时间大概是3年，其后我又差不多30次到中国，走了很多地方。2019年11月，我还去了湖南。

问： 您什么时候遇到马振声教授的？您对他的印象如何？

岩本公夫： 我开始学习中国炭画，教我的老师就是马教授，他很严格。他的作品太棒了——如果你能像他那样画画，将是一个了不起的成就，但是我知道这对我来说是不可能的。

他教我画了山和花，这对我来说就够了。我喜欢画风景和动物，而马教授特别擅长画人物。他的画非常难，非常大，所以我做不到。

他教我用力量画画，强调线条中力量的重要性。他总说："画一些有强烈感情的线条！"

我曾被要求画一个圆，他评价说："我感觉不到任何力量！就是个普通的圆！它应该是一条更严酷的线，像一个漩涡！"

有两个月的时间，他让我专心画线，学习使用线条。我的教授在这方面非常严格。

他对我很好。每次我来北京，只要有机会就会和三位教授——还有另外两位女士是我妻子的教授——一起吃饭。我很怀念北京语言大学的艺术系，每次必去。

遗憾的是即使到现在，我的中文也不是很好，难与人交谈。

问： 听说您曾在北京骑自行车到处逛寻找门墩，这是什么时候的事？

岩本公夫： 那是 1996 年。一次我从北京艺术博物馆回家的路上，当我走下地铁，平生第一次看到那块闪亮的黑色石头，我不知道那是什么，但我认为那是一件很棒的雕塑。我对艺术很感兴趣，所以我拍了很多照片做纪念。

第一次看到这样的东西，我不知道它是干什么用的。直到四五个月后，我才知道它被称为"门墩"。那之后，我们去博物馆或看风景的途中，发现北京正在进行大规模建设，这些门墩正和许多古老的建筑一起被拆毁。

我认为这是一种巨大的浪费，于是，我在学校里四处打听这些石头的意义。我和马振声教授讨论门墩，他给我介绍了侯长春教授，侯教授对门墩以及中国的习俗和传统文化很了解。这帮了我大忙。从此我开始四处寻找并研究门墩。

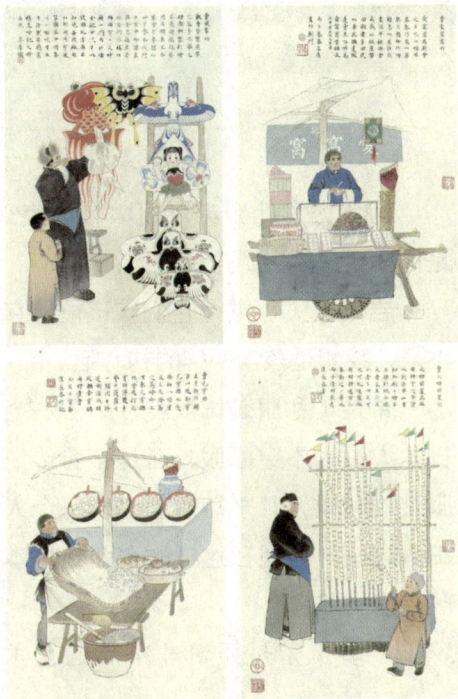

物》《旧京识往》《杏坛讲学》等。

　　侯长春幼年搬迁至北京，对北京城有着深厚情感。他退休后，第一件想做的事，便是回忆儿时亲身经历的老北京情景，用彩笔为北京的民俗文化拾遗补阙。十年时间，凭借记忆画出作品130余幅，命名为《旧京风情》，集成画册出版。

问：给我们讲讲您眼中的门墩？

岩本公夫：我对那些图案很感兴趣。举个例子，如果有一只蝙蝠，还有古老的铜线挂在上面，用中文来说，这就是"福在眼前"。意味着命运就在你面前拥抱你，好运来了，会充满幸福。所以它被刻在了门口的门墩上。

　　枕石上的洞就是大门的轴线，外面的部分就是门墩。有盒子形、太鼓形和狮子形的区别，我走遍中国也就这三种形制。狮子形的很少，我想它只能被用于重要人物家中。

　　门墩是只有中国才有的文化遗产，很多门墩既是门扉开关的建筑部件，又是门的装饰品，也是石雕美术品。门墩还体现了房屋主人的身份、

延伸阅读

　　侯长春（1929—2003），满族（侯佳氏），自幼师从名师学画，1949年考入北京师范大学美术工艺系，是新中国成立后北京师范大学培养的第一批美术教育工作者，后从事美术教育工作。一生致力于传统工笔重彩技法的研究，中国传统题材的创作。擅长人物画，兼修花鸟、山水画及书法。代表作有组画《水浒人

社会地位，很多图案表达了当时中国人的伦理观、人生观和愿望，也有不少图案很好地利用了汉字的谐音特点，是只有中国才可以创造出的民俗工艺品。

延伸阅读

门墩的方圆，又被称为箱形和抱鼓形。它们有着不同的寓意，有说法为：方形的门墩多为文官使用，圆形的门墩多为武官使用。

箱型，取其谐音"书香"，表示自己是书香门第，也有人品方正的意思。

圆形即抱鼓形，相传在古代，打仗胜利归来的将军，为显耀其赫赫战功，把战鼓置于门前，后来逐渐衍变为抱鼓石。

问： 您为什么觉得门墩有价值？是什么让您体会到这种价值？

岩本公夫： 觉得它们应该被保存下来，我想是孩童一样的初心吧。

带留（和服装饰性配件）——当日本人过去不穿西服，而是穿着传统服装的时候，几乎每个家庭，每个人都有这些。而现在这样的东西在日本已经消失了。

很多带留是质量非常高的艺术

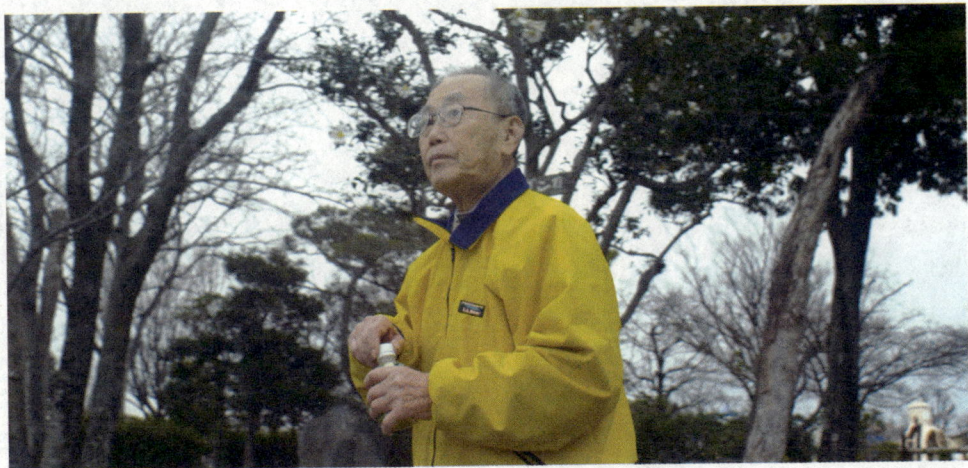

品，因而外国人都把它们当作小礼物买下来，现在即使在日本的博物馆里，它们也很少了！反而在美国的博物馆里有令人惊奇的收藏。

就像日本的带留一样，我发现门墩对中国人来说已经过时了，也会走日本"带留"的老路而消失。

中国人曾认为它们是非常重要的物品。在北京，当我看到门墩被一次又一次地摧毁时，直觉上有这种感觉——我要保护它们。这就是我开始研究门墩的原因。

延伸阅读

带留（带留め），是穿在和服带缔上的装饰性配件，佩戴于腰部正中位置。最初产生于江户时代末期，当时和服腰带上会系一根手工编织的组纽缔带，中间用一个金属搭扣固定，这就是现代带留的前身。带留通常由珐琅工艺制成，材质有黄金、陶瓷、珊瑚、金属、螺钿、琉璃、钻石等。

在江户时代，带留曾是爱情的象征，吉原游廊（よしわらゆうかく）的艺伎们流行把爱人的刀装配件改制成金属带留作为爱情纪念。

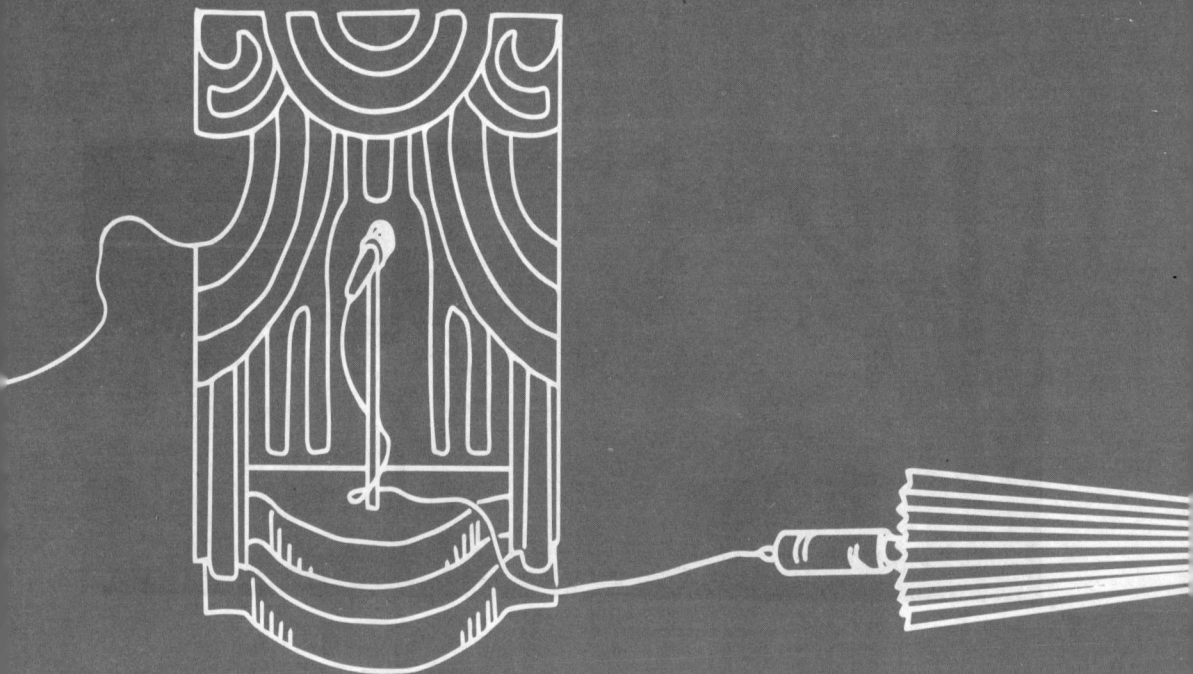

欧洲

筑爱中国

关键词

建筑设计　跨文化交流
绿色环保　可持续发展

写在前面的话

　　爱情，是两个人的相遇；事业，则是与一个国家腾飞的相遇。两位建筑设计师伉俪爱情与事业的故事，似乎冥冥中与2008年奥运会联系在了一起。在这片高速发展的沃土上，他们用"跨界"思维重新酝酿建筑与自然的和谐关系。跨越国界，融通中西，用建筑做画笔，描绘绿水青山中的可持续发展、绿色发展理念。

　　"跨界"是他们的标签，"融合"是他们的内核。为求知、为爱情，他们跨越国界彼此牵手。为事业、为理念，他们跨越国界回望东方。美美与共的古老智慧吸引着这些奋斗者，让他们的青春、汗水和作品融合在这片希望之地上。

人物简介

董灏：北京人，纽约普瑞特艺术学院建筑学硕士，建筑师。2005年创立Crossboundaries建筑师事务所，清华大学、北京大学及中央美术学院特聘导师。

蓝冰可（Binke Lenhardt）：德国建筑师。纽约普瑞特艺术学院建筑学硕士。毕业后，于2002年移居北京。参与2008年北京奥运会基建工作。Crossboundaries建筑师事务所合伙人。

建筑理念的共通让他们慢慢走近，最终收获了爱情。

2002 年毕业后，他们面临抉择：去何处安放共同的生活与事业？

北京，这座刚刚获得 2008 年奥运会主办权的城市，以其巨大的发展潜力吸引了二人。董灏回到了家乡，蓝冰可随之而来。这里是建筑师们的繁

相遇的故事

1999 年，德国留学生蓝冰可和中国留学生董灏相遇在纽约的建筑学校，

忙之地，二人不久就都在北京市建筑设计研究院（BIAD）获得了职位，并在奥运会期间参与了很多重要工作。

在工作中，他们发现西方公司和中国公司之间存在着巨大的理解鸿沟，这激发了他们成立自己建筑公司的想法。

2005 年 Crossboundaries（跨界）建筑事务所成立。事务所里一直试图保持中国员工和国际员工各占一半的比例，因为他们相信这种关系可以更好地进行跨文化交流。

董灏专注于概念方面的工作，满足客户需求，并提出很多好想法。蓝冰可则和团队一起制订详细的计划来实现这个概念。生活上相知相伴，事业上完美互补，二人在中国这片土地上筑起爱与事业的"城堡"。

访谈录

问： 您和夫人蓝冰可相遇相知的过程是怎样的呢？

董灏： 那是 1999 年纽约的初冬，普瑞特艺术学院的设计教室里，我第一次见到了她。那是我的第二个学期，老师说来了两个德国奖学金获得者，其中一位就是我的夫人蓝冰可。

第一印象，她是金色的头发，肤色特别白，人非常天真。

当时刚见面，没什么感觉，就只是同学。头一两年的时间，大部分都是在设计教室里度过的，一开始的印象也都是共同学习和共同做作业的过程。交流的内容更多的是以学生作业和课程项目为主。可我们一交流，发现彼此差异挺大的，遇到讨论、争论，中国人习惯委婉，而她习惯一针见血，不绕弯子。

后来大家越来越熟悉，我就请她去我住的地方吃中国菜，鱼香肉丝、宫保鸡丁、麻婆豆腐……通过接触，互相吸引，就走到了一起。

从一开始我们就非常享受、珍视这种文化差异性，以及在专业上不同的角度差异性，也包括性格上的差异。这些是从最初到今天一直存在的。从学生时代一开始的不了解、不理解，甚至质疑，到逐渐了解、理解，很多事可以分享。这个过程也是不同文化背景碰撞中的乐趣或者说是有意义的地方。

2002 年 4 月 18 日，我和蓝冰可在美国纽约市政大厅登记结婚了，正式走入婚姻。

延伸阅读

普瑞特艺术学院（Pratt Institute），又名普瑞特研究所，1887 年建立于美国纽约，是美国设计类领军院校，与纽约时装学院（FIT）、帕森设计学院（Parsons）并列为纽约三大艺术设计学院。以建筑设计系、工业设计系和沟通设计系的优良设计教育系统享誉美国。

问： 你们两个人是怎么决定回到中国的呢？

董灏： 毕业之后，因为所获奖学金的要求，蓝冰可需要回到德国服务两年。因为这个原因，我们只能两地分居，我在纽约，她在柏林。跨国又

异地的婚姻总是个问题。所以当时我们就讨论，有三个选择：两地分居，我去德国，或是她跟我来中国。

这个时候碰到一个大好机缘。首先是 2001 年北京获得 2008 年奥运会的主办权，那么顺理成章，北京肯定会有一个特别大的基础设施的发展。德国相对来说，重新建设的热潮已经过去了，肯定是中国会有更好的发展机会。

与此同时，蓝冰可得到了另外一个非常重要的文化交流奖学金——联邦德国政府 DRRD 的中德文化交流奖学金，资助她在中国两年的学习中文和社会实践。于是我们就回中国了。

我夫人的中文名"蓝冰可"也是那时候起的，我们觉得回中国必须有一个中国的名字，所以就坐在咖啡馆里想发音的相似之处，再加上一些美好的含义。她的德国的名字 Binke Lenhardt，姓是 Lenhardt，名字是 Binke。当时我想了想，"蓝"在中国也有这个姓，同时蓝的颜色也比较清爽，这符合她的性格。根据 Binke，就选了冰雪的冰、可爱的可。

问：回国后的感受如何？

董灏：当时感受就是祖国变化特别大，四年时间没回北京，翻天覆地。白塔寺胡同，我长大的地方，很多老样貌都没了，拆光了。这一点和德国反差比较大。

因为在德国，蓝冰可带我去她小时候上的幼儿园，还都完好无损。回到北京后，她问我在哪长大的，我就想带她参观我的小学，但是已经没了。

当时北京给我的感受，就比如白塔寺这边，非常具有北京特点的胡同本身，以及小时候生活中的具有人文气息、关注邻里关系的这种胡同文化已经逐渐消失了。

这是让我感到比较惋惜的。

问：是什么促使你们创立自己的建筑事务所？

董灏：以 2008 年奥运前夕的高速建设为起点，从 2002 年到今天，北京的建筑一直在发生变化，城市的基础设施也在不断完善。因此，我们作为建筑设计师，感觉一直在忙，恐怕也会一直忙下去，因为中国各地的城市建设不断优化完善，在可见的未来都将是持续不断的。

2008 年之前，我们在北京市建筑设计研究院工作。作为全国最大的一家国有民用建筑设计单位，负责大量的超大型地标性建筑设计工作，比如首都国际机场 T3 航站楼、国家博物馆的改造、国家大剧院等。当时有很多国际知名的建筑师来到中国和我们一起合作，比如 T3 航站楼是和英国的建筑大师福斯特合作的，大剧院是和法国的建筑大师合作的。那时有大量的国际项目的合作。

我们作为其中的一分子，非常幸运地参与了很多大型地标性建筑工程。

当时我作为项目经理，在大型的中外合作中感受到合作非常不容易。主要是因为不同的文化背景、不同的

设计理念，对同一个问题会有不同的认知标准，这些都给合作带来了非常大的困难。

我和蓝冰可，作为最初的发起者，相当于一半是中国、一半是德国。以此扎根北京，同时引入不同国家设计理念的碰撞。这就是我们成立事务所工作室的初心。

问：能回忆一下你们的同学时光吗？

蓝冰可：我在纽约学习的时候遇到了董灏。那是 1999 年 1 月，在纽约普瑞特大学。我们一起上课，所以我们有很多讨论，尤其是后面的学习阶段，我们互相支持，给予对方安慰。

我记得董灏当时做了一个奇怪的设计，他称之为"垂直城市"，很有趣。他想尝试新事物、学习新的东西，同时非常专注于自己的工作。

在学校的设计教室里，我们经常工作到很晚，我们有很多时间待在一

起。休息的时候，我们一起去百老汇看表演，参观博物馆。探索不同文化，享受不同乐趣。在此期间，我们有了更多时间来了解彼此，越来越接近，越来越亲密。

我记得有一次，我们决定在家做饭，做中国菜。于是我们去唐人街买了条活鱼，那是我第一次拿活鱼回家烹饪。这在德国是从没有过的体验。那天董灏压力很大，他需要做鱼还要做蔬菜。现在想起来，很像是一场有趣的冒险。

问：第一次来北京感受如何？

蓝冰可：非常激动人心。那时董灏也好几年没回家乡了。他想向我展示他内心的很多东西，他想要一个充满回忆的、安静浪漫的时刻，但尴尬的是，很多环境变了。他甚至找不到老邻居和他的小学学校。

对我来说，这个国度是陌生的，充满我不懂的文字符号。董灏想让我看他成长的地方、了解他的文化，但我记得的不多。因为信息量太大了。

问：来北京工作的感受如何？

蓝冰可：支持我和董灏一起来中国的，是德国政府 DRRD 的中德文化交流奖学金。作为一个中国人，一个丈夫，董灏总是想要承担家庭的责任，我不想让他有过多的压力。恰好这个奖学金我拿到了，第一年的头几个月，我忙着学习中文，那真是不容易。

后来我们一起去了北京市建筑设计研究院工作。我是那里唯一的外

国人，这本身就很有趣。我需要学习很多。

那段时间，也就是 2008 年北京奥运会前夕，对建筑师来说是最繁忙的时期。这是北京展示自己的机会，作为首都和奥运会的主办城市，大量的资源进入北京，这意味着建筑师和城市里的每个人都要做大量的工作。

问：白手起家创办一家公司难吗？尤其是最初只有你们两个人的情况下？

蓝冰可：每个公司初创都是非常困难的。我从来都不认为这是一件容易的事。刚开始的时候，我们两个下班后需要做大量的工作。不像今天，我们有一个团队，我们可以依靠团队准备一些东西，省去很多重复的工作。但那时我们必须独自完成所有工作。

好在我们两个在办公室里，扮演互补的角色。董灏对事物有很强的洞察力，一个项目初始阶段，他就已经有了一些非常抽象但有力量的想法。他很开放，很有思想，有很多抽象的

看待事物的方式。这大大丰富了项目的初始阶段。一起"头脑风暴"时，他还能倾听其他想法，并将这些想法发挥到最好。

他很善于沟通，是个很有人缘的人。这也是为什么他会经常和客户交谈，做很多讲座。他是一个非常自然的演讲者，是个有才华的、外向的人。

而我在德国长大、在德国学习，我的能力是确保你的项目最后有质量地完成。

我们负责两个不同的方向，我更多是在办公室，而他更多是面向外部。这让我们的创业容易了很多。

中国舞者的世界梦

关键词

文化自信　顶级舞台秀
中外合作　命运共同体

写在前面的话

　　舞蹈是人类最原始的一种社交艺术，表现的是人类最热烈的情感。正如闻一多先生所说："舞是生命情调最直接、最实质、最强烈、最尖锐、最单纯而又最充足的表现。"再没有别的艺术形式，能够这么直接地传达情感与气氛。

　　以一场世界级舞台秀为纽带，来自中法的两位艺术家，因舞蹈而相遇。艺术与文化的交流甚至不需语言，直接纯粹地转化为肢体的表达和视觉的冲击。亦师亦友，伯乐良驹，他们互相成就。从武汉到巴黎，从幕后到台前，他们用心血浇灌出的舞蹈感动了无数人。

　　故事从中国舞台上走来的外国人开始，但我们相信，绝不仅仅以中国舞者走上世界舞台而结束。相识、感动、携手、敞开胸怀，一扇扇门正在中国的各个领域徐徐打开。

人物简介

叶明：1990 年出生，从 8 岁开始进入舞蹈的世界。2014 年，过关斩将成为世界顶级舞台秀武汉《汉秀》的男主角。曾随知名舞台剧导演安妮·图尔尼（Anne Tournié）赴巴黎参演《小王子》。

安妮·图尔尼（Anne Tournié）：法国人，国际知名导演兼编舞，与空中杂技演员合作开辟了现代舞的全新领域，作品包括：拉斯维加斯的《梦境》、澳门的《水舞间》、阿布扎比的《要塞的故事》等。

2014 年，成为武汉《汉秀》的编舞和副导演。

相遇的故事

　　2014 年，来自法国的编舞大师安妮·图尔尼受邀来到北京，负责为一场崭新的大型舞台秀《汉秀》挑选演员，在多达 5000 人的海选中，年轻的叶明让她眼前一亮，从专业的直觉出发，安妮认定叶明的能力出类拔萃——"这是一个不可思议的舞者"。

　　《汉秀》是为鱼米之乡武汉量身打造的一场大型表演，糅合了音乐、舞蹈、杂技、高空跳水、特技动作等多种表演形式，武汉市专门为此建设了一座有史以来最大的剧院，里面甚至可以停放一架波音飞机。《汉秀》的培训非常严格而系统，在安妮

的指导下，除了基本舞蹈外，叶明还学习了跳水、潜水、音乐感知、节奏把控等多种新技能。日复一日的共同工作，营造了亦师亦友的情谊。休息之余，叶明和朋友们会带着安妮去品尝中国特色小吃，去看她感兴趣的东西，不会让她感到孤单。当安妮回国之后，也没有忘记提携这位远方的朋友，她邀请叶明走上了巴黎的舞台，实现了自我突破，也让世界看到了中国年轻舞者的潜力和激情。

访谈录

问： 你第一次见到安妮是什么时候?

叶明： 那是 2014 年 4 月，一次特别偶然的机会，那时候还在中国湖北一个舞蹈剧团工作的我，参加了《汉秀》的招募会。在我看来，《汉秀》可能是全世界最大的舞台秀，这个机会很珍贵。当时作为编舞家来招募的，正是安妮。

我想"一见如故"这个词形容刚见面的我们还是很恰当的。现在想起当时的情景，印象还很深刻：她特别有感染力，有激发演员的能力，能迅速调动气氛，使演员融入情景。我在现场被她深深地感染到了。

之后，我得到了那个工作机会，非常激动。一方面，《汉秀》由弗兰克·德贡先生负责统筹，这是中国最先进的舞台剧演出。另一方面，从自身角度讲，我渴望有更大的舞台，有更多的学习机会，向国际上一流的、像安妮这样的编舞家学习和交流，在这段有趣、难忘的经历中让自己成长。

延伸阅读

弗兰克·德贡（Franco Dragone），比利时戏剧导演。1985 年加入日后有"加拿大国宝"之称的太阳马戏团（Cirque du Soleil），成为该团的编导和设计师。随着太阳马戏团走向商业辉煌，弗兰克的创造力也得到了更大的释放。他将自己的戏剧经验与马戏表演相结合，创造了融人体表演、舞蹈、生命四元素、编舞、技术和音乐相结合的全新当代剧场风格。代表作包括《神秘境界》（Mystère）、《艺界人生》（Saltimbanco）、《飞跃之旅》（Alegria）、《奇幻

之旅》（Quidam）、《奇异水世界》（O）、《梦幻嘉年华》（La Nouba）、《水舞间》（The House of Dancing Water）等。《汉秀》作为弗兰克打造的一场融合中西方文明元素于一体的作品，他形容自己创作时是以"战战兢兢"的心情"打开中国上下五千年文明的第一页"。

问：你是从什么时候渴望当一位舞蹈家的？

叶明：我真的算不上舞蹈家！但我的确从很小就开始专业的培训了。大概从 8 岁起接受系统的舞蹈训练，一直到现在。我很早就萌生了对舞台、对表演的渴望，想在舞台上展现自己，实现自我价值。

我小时候特别想去全国各地表演，去世界上其他地方走走。希望有这样美妙的经历，体会各地不同的文化和风土人情。

问：《汉秀》的主角生涯有什么收获？

叶明：《汉秀》的培训是非常严格的，系统而丰富。因为它除了跨越舞种之外，还需要开发更多技能。

安妮会不停地寻找新的元素来激发我们的身体。我们学习跳水、潜水，还有节奏练习、音乐感知的训练。层次丰富，非常多元。这些都是我在以前的职业生涯中没有过的。

为了培训这些新技能，需要花费大量的时间、精力，会消耗很多能量，但是，我们能把"能量"吸收到自己身上。这是丰富自我的过程，我很享受这样的过程。

你不停地迎接新的挑战，你的好

奇心会不停地给你加油鼓劲儿，那段时间很充实，非常难忘并且非常享受。

延伸阅读

《汉秀》取意汉族，楚汉，武汉文化精粹之意，是一台把中国的楚汉文化与西方综合性表演形式"秀"相结合的作品。总导演弗兰克·德贡将戏剧、舞蹈、音乐、杂技、马戏、体操、花样游泳、高空跳水、极限运动等表演形式汇集到一台演出中，水、陆、空三种形式相结合，制造出令人眼花缭乱的视听效果。奥斯卡最佳艺术指导奖的叶锦添为《汉秀》设计了华美服饰，世界顶尖建筑艺术大师马克·菲舍尔为《汉秀》设计了一座外观酷似"红灯笼"的剧场。《汉秀》的剧场拥有 2000 个可移动座席，是世界上第一座采用移动/升降座椅的水秀剧场。

问：和安妮一起工作，相处的感觉如何？

叶明：我一直对安妮能够赏识我、给我机会心存感激。她是我的

伯乐，在私下我们又是特别好的朋友。她在中国的时候，我会带她品尝中国的特色小吃，去看她感兴趣的东西。这也是工作之外的文化交流和促进感情的经历。即便很长时间没有联系，但我们再通电话仍然像老朋友一样。2019年《小王子》的演出也是如此，她会问："你有没有兴趣？我想邀请你。"

后来SOKO公司邀请我去参加《小王子》的演出。我们共同创作、共同打造了一个艺术精品，在享有盛誉的女神游乐厅演出。

和她一起创造新事物、打造新作品是非常令人期待的。因为安妮是一个思想很发散、很开明的人，她从不失去激情，总是能倾情投入工作。

在私下，无论是当时武汉《汉秀》的演员，还是外国的朋友、中国的朋友，我们都非常喜欢她。我们一起玩耍，一起交流文化、交流感情。至少在中国的那段时光，她不会感到寂寞孤独。

我想艺术是相通的，安妮其实特别希望我们带给她包含中国文化的东西，她一直保持好奇，想去了解更多的中国文化。我很羡慕她的经历，想通过她了解更多不知道的西方文化。这是一种碰撞，文化的碰撞。

作为主要的演员，我在《汉秀》的时间持续了四年多，我非常怀念跟她在一起的那段时光。

问：您第一次见到叶明是在哪里?

安妮·图尔尼：我第一次遇见叶明是在中国武汉，我当时在为《汉秀》试镜。那是 2014 年，我和弗兰克·德贡共同执导《汉秀》，我负责编舞。那是一个规模惊人的"秀"，有空中作业，还有水上作业。

当时通知我说有 5000 人参加海选，我有点慌了，我觉得我不可能完成面试所有人的任务。

好在最终我需要面试的只有 50 个人。我从中挑选了 8 个，其中就有叶明。他是一位不可思议的舞者，非常棒。这些优秀的入选者组成了一支很棒的团队、美丽的团队，充满了美的能量。

问：您怎么评价《汉秀》的最终

呈现？

　　安妮·图尔尼:《汉秀》无疑是成功的。它从 2014 年开始，至今仍继续给观众带来最好的表演。不仅因为那里具备有史以来最大的剧院——甚至可以在舞台上放上一架波音飞机，还因为演员们的努力。

　　我研究的是现代舞，现代舞对舞者的要求应当达到奥林匹克体操的标准。而《汉秀》的要求更高，因为这更像是一个空中杂技加水上杂技，不仅需要把演员吊到高空，还需要戴水肺潜水。它是非常多样化的节目。

延伸阅读

　　现代舞（Modern dance）是 20 世纪初在西方兴起的一种与古典芭蕾相对立的舞蹈派别。其主要美学观点是反对古典芭蕾的因循守旧、脱离现实生活和单纯追求技巧的形式主义倾向。主张摆脱古典芭蕾舞过于僵化的动作程式的束缚，以合乎自然运动法则的舞蹈动作，自由地抒发人的真实情感，强调舞蹈艺术要反映现代社会生活。

　　问: 您对在中国内地生活工作的那段经历有什么感想？

　　安妮·图尔尼: 我曾经在香港工作过，也在澳门工作过，我以为自己足够了解中国了。但当我来到内地时，依然有很有趣的经历。这里的人都非常真诚、坦率、直率。

当然，这里的语言与香港、澳门完全不同，也很让我震惊，甚至手势都很不一样。当我想要一打鸡蛋的时候，我不会说但我会用手势表达，可最后我得到了40个鸡蛋，太有趣了。

虽然语言不通，但沟通和合作是容易的。叶明和其他舞者会带着食物来我的住处，我们一起做饭。这很快拉近了我们的距离。

问： 您为什么邀请叶明加入《小王子》的表演呢？

安妮·图尔尼： 我一直在寻找优秀的现代舞演员，但我的舞蹈底色是芭蕾，古典芭蕾。所以我的理想目标是既擅长现代舞又擅长芭蕾的人。有

趣的是，中国的古典舞，也就是叶明擅长的那部分，与欧洲的民间舞区别很大，它非常接近芭蕾。在《汉秀》的舞台上，我们把它融合到现代舞中，效果非常好。

我要在法国来一场表演，展示那段在中国的经历，向法国观众展示中国舞者的美丽和高贵。面对不同的观众群体，我思考后觉得《小王子》的这种类型，小规模的、需要更多舞蹈技巧的表演更合适。它只需10位舞者，但每位舞者都是独舞。它混合了

杂技，当然更侧重于舞蹈表演。

于是我打电话给叶明，问他是否愿意，叶明同意了。

这是我第一次把生活在中国的中国舞者带过来，并把他们融入法国的创作中。中国的当代舞蹈有一种美丽的力量，中国之旅让我很高兴认识中国的舞者，并与他们一起合作、共同创作。只有在合作之后，你才会发现语言障碍不是问题，舞蹈是世界通用的语言。

延伸阅读

在《小王子》一书中，作者安托万·德·圣埃克苏佩里（Antoine de Saint-Exupéry）写道："所有的成年人都曾经是孩子，但只有少数人记得这一点。"

安妮·图尔尼的父亲是《小王子》的铁杆粉丝，据安妮回忆："当他们结婚时，他把这本书送给了我的母亲，里面有一张纸条，上面写着：'这将是你生活的指南。'然后我妈妈小时候读给我听。现在它是我人生的指南。"

出于对这个故事的终生热爱，安妮作为导演兼编舞，在 2018 年开始将这个故事搬上舞台，与原著一样，这个舞台剧将跟随着小王子的旅途，从一个星球到另一个星球。点灯人将使用空中钢管（flying pole），玫瑰化身为一名当代舞者，小王子则是一名使用肩带的飞行员……"这是一个关于人性的故事，这个故事的奇迹在于，每个孩子和每个成年人都会在小王子身上找到自己，当他们离开剧院时，我们希望他们记住自己曾经是个孩子。"

塞纳河畔遇知音

关键词

改革开放　重点扶贫
风光摄影　国际合作

写在前面的话

照片是凝固的时光，照片是岁月的记录。

他们的相遇源于一次摄影旅行，他们的友谊来自对艺术的共鸣。他们执着地用照片记录这个国家、这个时代、这个时代里的人和事。相机里是一双安静观察的眼，胸膛里是一颗澎湃跳动的心。真实、冷静、鲜活、准确，这些特质把照片化作一个引子，一个当代中国人回望历史的角度，一个中国改革开放记忆的时光胶囊。

这个故事里的外国主人公说：很多我们习以为常的事在不经意间被遗忘，但是它们并没有消失。记忆如同一条河，从曾经的地表沉潜为地下的暗流。那么，照片则像一口口的坎儿井，从暗流中汲取清澈的泉水，滋养这个时代中国人的改革精神。

人物简介

那日松：独立策展人，北京798艺术区映画廊艺术总监。从杂志主编到策展人，从评论家到画廊主，不管角色如何切换，他始终行走在中国摄影的第一线。

阎雷（Yann Layma）：法国知名摄影师。1985年，阎雷以自由摄影师的身份首次来到中国，30年来共拍摄了60多个关于中国的摄影报道，出版了4本关于中国的著作。2005年，他因在中法文化交流方面的突出贡献而被授予法国骑士勋章。出版的书籍包括《歌海木寨》《壮丽的中国》《中国》《昨天的中国》等。

相遇的故事

阎雷和那日松相遇于 1998 年的北京。一个是法国著名摄影师，一个是中国知名策展人和高级编辑。当年，阎雷正计划前往广西三江偏远地区拍摄，中国摄影家协会国际部希望那日

松陪同。正是这次同行成就了他们 20 多年的亲密友谊。阎雷说，他们志趣相投，都是生在云端的梦想家。

自 1985 年以来，阎雷一直关注中国的发展，他以独特的照片档案，描绘了中国各地改革开放以来发生的飞速转变。在那日松的帮助下，阎雷出版了两套摄影集——《中国》和《昨天的中国》。2005 年，阎雷因在中法文化交流方面的突出贡献，被法国国会授予骑士勋章。艺术无国界，在阎雷的摄影作品中，中国几十年来激动人心的变革故事跃然纸上。

问答录

问： 你第一次见到阎雷是什么时候？

那日松： 我清楚地记得那是 1998 年 3 月，在北京。

当时中国摄影家协会的国际部找我，说有一个法国摄影师要去广西和贵州采访侗族，需要我去陪同。特别神奇的是，我脑子里第一个跳出来的就是他的名字。

有趣的是，我当时以为他叫"杨雷马"，这是台湾那边翻译的名字，后来我才知道他正式的中文名叫"阎雷"。也就是说我见到他本人之前，早就从台湾的一本杂志里看到过他拍摄的元阳梯田。那里我去过，很美，但（摄影作品）难免千篇一律，对当时的摄影人来说，似乎难以挖掘。但他通过三四个月的时间，把镜头聚焦到元阳农民的劳动、耕作、丰收，当地的文化、宗教，等等，完整地记录下来了。

当时我很震惊，那里交通困难，进去都不容易，何况在那生活三四个月，条件非常艰苦。然而这个法国摄影师做到了，让我特别钦佩，所以这个名字一直留在我的脑海中。

所以我们可以算是一见如故吧，好像已经认识很多年了似的。他可以说一口流利的中文，我俩交流起来没有任何障碍。我一聊对他的了解，他也很惊讶。

延伸阅读

元阳梯田，位于云南省元阳县的哀牢山南部，是哈尼族人世世代代留下的杰作。元阳梯田是红河哈尼梯田的核心区。红河哈尼梯田是以哈尼族为主的各族人民利用特殊地理气候同垦共创的梯田农耕文明奇观，规模宏大，气势磅礴。元阳哈尼族开垦的梯田随山势地形变化，坡缓地大则开垦大田，坡陡地小则开垦小田，甚至沟边、坎下、石隙也开田，因而梯田大者有数亩，小者仅有簸箕大，往往一坡就有成千上万亩。

问： 您怎么评价阎雷先生对中国题材摄影的痴迷？

那日松： 我从来没见过一个外国摄影师，能够对中国有这么深的情感。我也接触过很多拍中国的摄影师，包括马克·吕布等人，但是我觉得像阎雷这样的，死心塌地喜欢中国、拍摄中国的摄影师，还真从来没

见过。

据我所知，他最早是在中国台湾学的汉语，之后才到大陆拍照片。在80年代，还曾有过一任四川籍的妻子。所以我想他可能对中国一直有比较深的情结。

我认为他是一个标准的职业摄影师，尤其是作为地理摄影师，那是很多摄影师的梦想和追求。地理摄影师这个称号代表着一种浪漫，代表一种高水准。他的风格也是标准的国家地理的一种拍摄方式，他长期为德国地理、法国地理工作，拍摄了相当多的中国照片，非常高产。其中的原因可能也源于这种情结。

他跟我讲过，说世界上从来没有任何一个国家像中国这样，在几十年之内发生巨大的变化。他觉得能够拍摄中国，能够记录下中国这30多年的巨变，是非常幸运的，也是非常幸福的。

问：能讲讲他的工作方式和工作状态吗？

那日松：首先，我觉得他会长期去跟踪一个项目。一旦确定主题，就不是简单地拍，而是长时间地去做。上面说的元阳梯田，就用了三四个月的时间。我还知道他拍过一次中国沿海，大概拍了半年。

其次，他的高产不是偶然的，是专业素养的结果。我跟他一起拍过照片，能够深深地体会到"非常专业"与"一般专业"的巨大差距。有一次在上海，那是阎雷病得最严重的时候，他还坚持拍照片。我感觉他病恹恹的，走路都在晃，就那样他还挎着

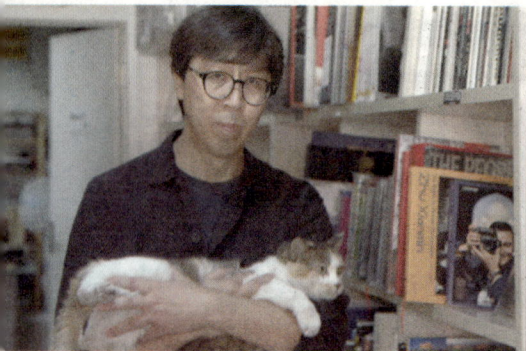

相机，步行去拍一些街头的景象。我印象最深的就是我刚发现一个拍摄点，感觉特别棒，我就告诉阎雷说可以去拍那里。可等我告诉他，其实他已经拍完了。

他的速度、敏锐真的是我无法企及的，即便在一种迷糊状态中，那种敏感和专注仍然是一个职业摄影师的标准。

作为一个自认为也是很资深的职业摄影人，他让我很震惊。

问： 你们之间的友谊是怎样缔造的呢？

那日松： 我们真正的相识就在广西与贵州的那次行程中，也有一定的文化碰撞。即便阎雷其实是个中国通，他也不太适应。在那次旅程

中，遇到困难的时候，我去解决特别容易，因为朋友太多了。我几乎与所有的摄影人都是好朋友，基本上都认识。这事让他挺惊讶的。回京后，很多事情我还在帮他。可能中国摄影界的人能够对他有这么多的直接帮助的，很少。

不久后，大概是 1998 年 10 月，我有一个机会去法国、德国。到法国之后，他来接我，就住在他家里。可能在他看来，住在他家会更方便一些。

他的工作室在巴黎最繁华、最热闹的地方，靠近卢浮宫，一个非常棒的街区。我们每天一起聊天、看画册。他还带我参观一些法国知名的出版社、杂志社、图片社。

这让我开阔了眼界，直观地感受国际摄影师是怎样的工作状态，这是一种潜移默化的影响。

我们的交往就在相互帮助的过程中慢慢培养起来了。

还有就是阎雷的躁郁症。他自己说的是躁郁症，还叫"艺术家病"，很多艺术家都会得，比如梵高。他不知道为什么会莫名痛哭、会流泪，直到

2001年他把工作室搬到中国来，他还屡次发病，而且很严重。我们只能把他妈妈叫来，把他接回法国。

当时我感觉好像全世界都把他抛弃了，他的工作全部丢掉了，但我作为好朋友不能抛弃他，应该继续帮他，鼓励他战胜病魔，再回到中国来拍照。

当时他在法国出版一本中国画册的时候，需要一个中国编辑，我就去了。他当时病到经常莫名其妙地站在马路中间，几乎被撞死。但他仍然顽强地坚持工作，去编辑自己的画册，准备自己的展览。

2004 年我在故宫紫禁城做国际摄影大展，还专门请阎雷作为欧洲代表，就是想让他重新工作，让他重新去接触那些国外顶级的摄影机构、摄影人。

在闭幕式讲话的时候，作为摄影师代表阎雷激动得哭了，说这次也许是他最后一次来中国，因为身体越来越差，病情越来越重。当时他那句话对我的触动很大，我觉得我还要帮助阎雷。有些朋友说不知道为什么我一直全力帮助阎雷，可能就因为我觉得我们是好哥们儿、好朋友吧。

问： 您是什么时候来到中国的？为什么选择中国？

阎雷： 我 1982 年来到中国台湾，1985 年 1 月才到北京，开始我的中国摄影生涯。虽然 1985 年我才在北京长期定居，但从 1979 年开始，我就决定把我的一生都奉献给中国摄影。我在巴黎就开始学习中文，然后在台湾，之后是北京。

通过图片描绘中国，这是我一生的选择，我从不后悔。

我对广袤的中国很感兴趣，我想要拍摄这个"中国巨人"的变化，中国人的文化和转型。这是一个很大的抱负，这是一种人生选择。

问： 能描述一下 20 世纪 80 年代初到北京时的第一印象吗？

阎雷： 它是灰色的。街上只有自行车，很少有汽车，生活比较苦。人们看着我，好像我是一个外星人。和所有的外国人一样，只要我上街就有成千上万人睁大眼睛盯着我。

但令我欣慰的是，中国人对摄影非常宽容、欢迎。我学会了慢慢地移动，就像一种偷偷摸摸的舞蹈，为了拍下日常生活的照片而不打扰任何东西。

我一直、一直、一直都喜欢在中国工作。这在今天仍然是一件令人愉快的事。我保持着这种自由和兴趣，还有对中国人民和中国的尊重，我爱这种感觉。

问： 什么样的照片对您来说才是完美的，什么样的事情对您来说是具有吸引力的呢？

阎雷： 一张照片应该包含很多信息，有点像一幅画。我喜欢勃鲁盖尔，当然我也喜欢梵高，他记录日常生活，创作包含大量信息的故事。

我喜欢跳脱出环境进行拍摄，不打扰任何东西，因此也没有任何准备，被拍摄的人不知道我在那里。我喜欢很自然、很真实的东西。

在成为摄影师之前，我是昆虫学家。我过去经常捉蝴蝶。这也是一种类似的"狩猎"。当你寻找一个特定类型的照片，就相当于你有一个和蝴蝶的约会，你充满好奇地面对这种感觉，等待那个正确的时间按下快门，然后精确时刻的把握就会告诉你一个美丽的故事。一个非常短暂的时刻，即代表永恒。

我已经拍了大概七八十万张照片，但只保留了非常少的照片，也许只有5%，我丢弃了很多照片，只保留那些经得起时间考验的、最好的照片，并管理我的摄影收藏，把它减少到最少。

今天，我所拍的关于中国的照片最多也就剩三四万张。它们是最好的，信息量最大的，最能讲故事的，有点像一幅画的那些，它们能经得起时间的考验。

问：能谈谈第一次遇到那日松的感觉吗？

阎雷：1998年我在中国南方遇到了那日松。从一开始，这就是一场美丽的邂逅。他听说了很多关于我的事，我也听说过他。我们的相识非常容易，也非常自然。我们马上就合作得非常和谐了。对于要一起去哪里、拍摄的

轮廓是什么、出发点是什么，这些问题都一拍即合。

我们拍的是侗族村庄，它们源自中世纪，非常古老。木制的房屋，神圣的建筑，传统的服饰，一种已经开始消失的奇妙文化，今天几乎不存在了。

如同中世纪的村庄，斯巴达式的卫生和居住条件，我们就是在那种环境下成了朋友、搭档。我们很高兴能在一起，也很放松、很友好、很悠闲。

我们喜欢的食物不同，我们有不同的习惯，但是那日松能看到我与人的关系，看到我对这个主题、对中国、对中国文化的热爱。他对此印象深刻。

那日松是一名艺术指导，他经常陷入沉思。我总试图推动事情向前发展，而他更注重梦想，更注重让事情变得简单，更注重人际关系。我们很互补，很好地补充了彼此。

他认为我的作品是高质量的作

品，是关于中国的独特作品，他真的很喜欢为我的作品举办展览，帮助我写书，宣传一个毕生致力于拍摄中国的外国人。

我的躁郁症曾经很严重，那日松照顾我，把我送回国，救了我的命。我们是非常亲密的朋友，20年来我们一直非常亲密。

问：您怎么看待中国的变化？

阎雷：事实上，中国在改革开放后开始了巨大的改变。所以我来到这里的时候，正是变化越来越明显的时期。1992年开始，中国加速发展，我和那日松相遇的1998年，中国经济已经有了非常蓬勃的气象了。

所以即使是在1998年，1985年所拍摄的一些东西已经消失了，自行车、服装，等等。商店、餐馆、消费社会正在发展，衣服完全不同了，一切都已经改变了很多。

我一直想记录中国的变化、中国的转型。我一共写了18本书，都在讲述中国的故事和变化。

那日松是中国最好的艺术指导，

昨天的中国

〔法〕阎雷 (Yann Layma)

我还试图用这些未来主义的建筑来展示今天北京的现代化，展示现在中国的生活质量，建筑、公共交通、葡萄酒消费、现代艺术、新时尚，等等。在一个叫作"微信"的应用程序中，你可以像 Facebook 一样发短信，使用 Skype，还能在任何地方用它来支付。我对这一切都感兴趣。

延伸阅读

《昨天的中国》由那日松重新编选，以阎雷的大型摄影集《中国》为底本，甄选并增补部分未公开发表的照片，全面呈现 1985—2000 年间处于转型期的中国的日常生活、经济起飞和社会巨变，用镜头为整个中国创作了一幅鲜活、富生命力的肖像。

阎雷在自序中说："16 岁，我做了一个梦，梦见的是我在中国的一种生活，很神奇。中国改革开放后，开始签发针对个人的外国人旅游签证。我听到这个消息就睡不着觉，我要学习摄影，我要学习中文，我要拍中国的改革开放。他们在叫我，我应该去。所以我来中国了。我没有后悔这个梦。"

在《中国》和《昨天的中国》出版时，他帮我挑选最好的图片，找到一个循序渐进的方式来讲述故事。

我 2003 年的《中国》被翻译成 6 种语言，在全世界都获得了成功，我邀请那日松来法国，与一位法国艺术总监合作，他们共同创作了这本书。

我现在喜欢早上去公园。在那能看到人们是多么悠闲、多么放松，他们的微笑，一切非常和谐。这是我在中国非常喜欢的东西。人们热情、开放、悠闲，看起来高兴。

传统焕新三人行

关键词

当代设计师　环境保护
传统手工艺　中国乡村

写在前面的话

　　跨国与寻根，看似背离其实殊途同归。来自不同国家的三位设计师，用国际化的视野探寻中国传统文化的根脉，竟意外发现创意的本源。不同思想的碰撞让古朴的中国手工艺焕然一新。在解构过程中，他们不仅汲取了创作灵感，还回馈以行动，将那些逐渐消失的传统工艺和材质，搬入"永生"的材料博物馆。寻根之旅改变了三人职业生涯的命运，他们竭尽全力让传统手工艺复兴和再生。

　　一次无意间的乡村之旅，让中国设计走上国际舞台。坚实的环保理念为共同构建和谐、温暖的地球村打下牢固根基。

人物简介

张雷（Zhang Lei）：中国人，毕业于意大利多莫斯设计学院（Domus Academy）汽车设计专业。传统手工艺研究者，From余杭融设计图书馆创始人。

约瓦娜·百达诺维克（Jovana Bagdanovic）：来自塞尔维亚，毕业于贝尔格莱德大学（Belgrade University）应用艺术学院。家具与空间设计师，在塞尔维亚、伦敦、米兰的工作经历塑造了她注重细节、简约和诗歌般的设计风格，具有强烈的女性感情。

克里斯托弗·约翰（Christoph John）：来自德国，毕业于意大利多莫斯设计学院汽车设计专业。家具与汽车设计师，曾在意大利、德国和芬兰工作，推崇真实、功能性和可持续设计。

相遇的故事

2009 年，中国人张雷、塞尔维亚人约瓦娜和德国人约翰，三位背景迥异的设计师在米兰相遇，互补的性格让他们建立起深厚的友谊，并决定一起到中国余杭创立工作室。在一次游历过程中，三人受到非物质文化遗产造伞文化的启发，通过解构主义的思想，利用油纸伞的"糊伞面"工艺，制作出一把绿色新颖又现代感十足的飘纸椅，并拿到了米兰家具展的全场大奖。多年来，他们寻访全国各地的村落，找到上千种中国传统材料，并将这些材料搬到杭州余杭青山村东坞礼堂，成立了世界上第一个中国传统手工艺材料图书馆。为缓解农业发展和环境保护之间的矛盾，张雷团队鼓励并帮助村民发展更加环保的产业，他们手把手教会了村民们新式竹编、金网编织、打银等工艺，让当代设计项目与乡村结合起来。

多年来，他们将中国传统手工艺不断融化、解构，与不同文化交流碰撞，进化成新的工艺，并努力展示给世界。萤火之光亦闪耀，希望中国的传统文化能够通过他们的友谊，绽放更多光彩。

是一个狗窝，是用指接板做出的很巧的结构，非常棒。后来我和她聊起来，就这样认识了。约瓦娜和约翰性格不同，她特别热情，热情似火。聊起作品她就有无尽的、从生活而来的热爱与激情。

延伸阅读

意大利多莫斯设计学院（Domus Academy），于1982年在意大利米兰建立，被称为后工业化时代欧洲最著名的设计学院。享有"法国鬼才设计师"之称的菲力普·斯塔克（Philippe Starck）等大师经常执教于此。它既是一所研究生学院，也是一个专注于设计、美学和设计营销的研究型实验室。

问答录

问： 能简单谈谈您的两位设计师同伴吗，比如第一次相遇？

张雷： 那是在2009年。我去意大利米兰多莫斯设计学院汽车设计专业硕士报到的当天就见到了约翰。他给我的第一印象是内向，就一个人坐在最后边，也不说话，特别沉默寡言。个人感觉他比较神秘。

遇到约瓦娜则是源于我在米兰留学的第一个任务，就是在米兰家居展做展览。约瓦娜是塞尔维亚展台的年轻设计师，我们之间就隔了二十几米，非常近。

她的一件作品吸引了我，叫 *Tasa*，

问： 你们是怎么想到回中国发展事业的？

张雷： 首先，我非常希望约翰能来中国和我一起工作，因为在意大利期间我们有过非常好的合作，我们一起做了家具，一起生活，一起学习了一年，他是我在米兰那段时光最好的

朋友。我就对他讲，你如果想来中国的话，一定要来找我。

结果是约瓦娜先来的中国，两个月后约翰和他的女朋友也来了。他们跟我在一起，我们才有最终的勇气去做我们自己认为对的设计，做我们认为值得花后半生去做的一种设计。

最初，我们住在老余杭的一个公寓里面，那是我的家。大概有三个月的时间，我们一起烧饭，一起上班下班，一起去酒吧，一起找朋友聚会，等等，形影不离。那是特别难忘的一段时光。

那个时候西溪湿地还没有被建成景区，周围还有居民。当然，那时候的城市边缘如今已经非常繁华了。我们就在那种更乡村的环境中去寻找手工艺，那是我们的首要任务。

马不停蹄地享受着寻找、创作的过程，享受与手工艺人合作，去山里考察的日子。那几乎占用了所有的时间。当然，我们的这种设计理念其实在意大利的时候就明确了。

问：这种理念是从何而来？为什么要执着于寻找传统工艺？

张雷：我想是为了寻根吧。去意

大利之前我对自己的设计是迷茫的，或者说自我否定的一个状态。因为我觉得我们所做的创新是没有根基的，所有的创新都会被诟病为山寨。我在想我们的创新到底在哪里出了问题？

到了意大利，到了欧洲，我通过学习才意识到：其实创新是有根基的。无根基，无创新。你不可能不借助前人的知识、专利作为基础，去创造一个产品。

但基础是什么，我们需要寻找到自己的根。我是中国人，我要从我的血液里去找。

同时，我们三个人对中国的传统手工艺和文化都非常感兴趣。我总说：这是我们的历史使命。

从他俩的角度讲：约翰是一个非常传统的德国木匠；而约瓦娜的爷爷是塞尔维亚一位非常著名的铁匠。他们都有手工艺的"血缘背景"。所以我们轻松达成了共同的价值观，而不是我要求他们怎样做。我们不约而同地行动起来，去研究、去考察，竹编、古琴，还有竹笛、油纸伞等。

问：据说油纸伞对您的设计生涯有特别的意义，是这样吗？

张雷：是的，我觉得这像上天安排好了一样。如果我们第一个考察的不是油纸伞作坊，可能后边的故事完全就不一样了，或者就不是现在这个样子了。

油纸伞作坊的老师傅叫刘友全，他是一位绘伞的师傅。他非常希望复兴余杭油纸伞。我们也希望参与这个工作，他说非常好，但首先：做一把纸伞需要再请五个师傅！

第一个是劈伞骨的师傅，他把竹子变成伞骨，这是做纸伞的第一步；第二个师傅打孔；第三个师傅做伞斗；第四个师傅组装，也就是编伞；第五个师傅糊伞。最后才是刘友全自己，把它画起来。

我们在学习制作油纸伞的过程中，发现它其实是被肢解的过程，在设计上，这叫手工艺的解构。我们被启发去解构，通过解构再达成创造。

我们后来得奖的飘纸椅，就是用糊伞工艺做出来的，得益于传统手工艺的解构。

这成了我们的一个标准方法，我们后来解构竹纸、解构竹笛、解构竹编，解构所有的其他工艺。

这也就是融图书馆"融"字的来源，把手工艺融化成材料和工艺，从某一个工艺、某一个材料去创作出一个整体的设计。这是融的最核心的思想和最根本的基础。

延伸阅读

解构，或译为"结构分解"，最初概念源于海德格尔《存在与时间》中的"deconstruction"一词，原意为分解、消解、拆解、揭示等，是一种把固有的规则和人们对一件事物的印象打破分解或颠倒之后再进行重建的行为和方法论。"解构"一词由钱钟书先生翻译。

问：能谈谈你眼中的张雷吗？是因为他你才来到中国的吗？

约瓦娜·百达诺维克：我们2009年在米兰相识，那是我们第一次谈话。可能由于语言的关系，我们聊得很热烈但也很笨拙，就像中国人说的"驴唇不对马嘴"。他不完全理解

我问他的问题，他的回答常常和我问的没关系。但我们的第一次交流仍然很有趣，他很健谈，我也很喜欢他的作品。

张雷非常有活力，他头脑中充满了各种想法，有的想法甚至很疯狂。他可以把想法带到你面前，激发你，最终呈现的东西让我们充满惊喜。

说到来中国，那应该是自然而然的，作为情侣，我从来就没怀疑过到中国这个决定。当张雷完成学业回国时，我就知道我们要去中国。

做这个决定的时候，其实一切都不确定，我们的项目会是什么样子，我们的客户是谁、在哪里，我们的生活将发生怎样的变化……那时候太天真了，单纯地想着一起生活就很好。十年过去了，我们很了解对方，我们分享生活中的每一天，一起工作、一起生活。

问： 你喜欢杭州这个城市吗？

约瓦娜·百达诺维克： 杭州是一个非常漂亮的城市，到处都是绿色植物，到处都是美丽的风景。即使是在城市里，也像度假一样，能够让人放松和平静。我觉得这是座鼓舞人心的城市。

我喜欢骑自行车去探索这座城市。尤其是张雷忙着开会的周末，我会想象一些目标，比如我要去城市的另一边买巧克力酱，然后我会骑自行车穿越 50 公里，听着音乐，随意选择街道。这也可能是中国的社交生活让我不太适应，因为我的中文不是很好。这个时候，自行车是我最好的朋友。

问：张雷、约翰和你在一起工作的状态是什么样的？你怎么评价这个团队？

约瓦娜·百达诺维克：我们三个是非常不同的角色。一个团队一起工作这么多年，没有任何冲突。张雷更加有活力，约翰更冷静。争论也很正常，以观点取胜。约翰在工艺、感受和直觉方面都有独特的技能，他对木材很在行，我们非常重视他的意见。他总能功能性地实现我们的创意，这非常重要。

通过十年的合作，我们可以说是"你中有我、我中有你"，是一个紧密的集体。

问：能谈谈你们的设计"图书馆"吗？

约瓦娜·百达诺维克：这个图书馆里有我们在过去十年里收集的大部分中国工艺品。这些工艺有些已经濒临失传。建立这个图书馆是一个有趣的旅程，我们到过许许多多的小村庄，去发现一个个非常隐秘的角落。这是一种探索，而探索总伴随着乐趣。

在这里，各种各样的中国元素对设计师充满了启发性。阅读有关中国的书籍，研究工艺技法，追问中国到底是什么，我们是什么，我们试图找到的中国之根是什么。在寻根的同时，我们也在寻找我们自己。

我希望越来越多的艺术家、设计师和一些与艺术相关的人作为观众来

到这里。当然，这里欢迎所有人。自从我们开始这个项目，每年都增加15人到20人，然后有越来越多人加入，艺术家、设计师、建筑师、摄影师和各种各样的设计师。目前已经近百人参观过这里。

用在中国的一个村庄里建立一座图书馆的形式，我们把致力于传统材料研究的工作系统化了。这项研究永远留在中国，留在这里。但同时我们也可以把它展示给米兰、巴黎、埃因霍温，任何地方。那样我们就有机会影响更多的人，让更多的工艺交流带动更多的讨论，带来更多的活力。图书馆更有活力，就意味着会有更多的手艺被用到艺术实践和创意实践中去，工艺就"活"了。

建图书馆一直是张雷的主意。他非常喜欢图书馆。每次旅行他总是想去图书馆，只为了读点什么。当这个项目在2012年获奖时，我们发现这个东西真的起作用了。同时，政府为我们的项目提供了资金支持。这就是图书馆的开始。

延伸阅读

　　From 余杭融设计图书馆位于杭州余杭青山村，是中国第一座传统材料图书馆，由村中废弃的老建筑东坞礼堂改建而成。20 世纪 70 年代，青山村第一任村长带领村民，用最简朴的木架结构加夯土结构，搭起了这个全村最大的建筑物，随着时间推移，礼堂的瓦片大部分已脱落，四分之一的屋顶已经失踪。

　　这是一个由小型建筑的结构搭建起的大型建筑，是上一代年轻人的勇敢尝试。三位设计师被其中蕴含的精神力量所打动，他们历时 10 个月，将其改造成了 From 余杭融设计图书馆。建筑所用的木头来自村边山上的树，夯土来自周围山上的黄泥，石头源于旁边的小溪，于 2015 年 6 月正式运营。

　　From 余杭融设计图书馆分为四部分：第一部分是中国传统材料图书馆，三人把历年对传统手工艺的研究、对材料的解构与分解，陆续进行整理，在图书馆向设计师公开；图书馆第二个部分，是设计图书，由100位设计师推荐和捐赠的书籍组成；第三部分是设计概念店；第四部分为设计展空间。

问：你和张雷、约瓦娜是怎么认识的？

克里斯托弗·约翰：2009年4月，我在米兰第一次见到张雷。我们是多莫斯设计学院的同学，在那里学习了一年。他给我的第一印象是安静，我想可能是他知道自己英语不是很标准。但我一开始就能听懂他带有口音的英语，所以我们交流得很好，我们和同学们一起分享观点、一起工作。

约瓦娜是张雷介绍给我的，一见面就觉得她非常积极，非常有正能量，非常友好。

我很荣幸能和他们一起在中国工作。从我开始认识张雷，就很喜欢他，那时候我们一起工作、一起度过空闲时间。他是一个很优秀的人，他有非常好的思考方式，能很好地照顾他人，是他让我来到了中国。

我本人比较内向，但我喜欢听张雷分享看法。他很善于发现别人身上的优点，并放大它们。他在我心中点燃了一团火，并鼓励我走得更远。

问：你喜欢杭州这座城市吗？

克里斯托弗·约翰：是的，杭州是一个有特点的城市，绿色，充满创意。它打开了我的视野，启发了我的设计工作。它鼓励我去发现新材料和新技术。

这里的户外景色也非常迷人，我在杭州买的第一件东西就是自行车，我会骑着自行车旅行，和我女朋友一起，和张雷、约瓦娜他们一起，逛西湖、逛那些山。有时我们有一个更大

的群体，有点像一个自行车俱乐部。

我想这也是我喜欢杭州的原因之一，因为能享受杭州的美景并愉快地度过空闲时间，而不是只有工作。在某种程度上，这让我们更加紧密地联系在一起。

问： 你怎么看待中国的传统工艺？

克里斯托弗·约翰： 首先是好奇。在学习设计之前，我在德国做木工学徒，我对木材不陌生。所以当我发现他们用竹子做材料的时候，探索这种材料的冲动很强烈。

他们从周围的竹林获得材料，他们懂得欣赏和尊重环境。这是一种整体的观念：从材料到成品，从消费到环境。这对我来说非常有启发。当然，学习的过程很难，我们很难掌握竹子的使用。

但我们想到了纸，用纸做椅子获得了成功。后来，我们的竹椅也诞生了，我称之为"空气椅"，全部都是用竹编织，用非常复杂的编织技术来制作一个非常轻的扶手椅。这两把椅子是我最喜欢的产品。

在过去的几年里，我们研究了很多中国传统工艺和材料。我们也一直在中国各地寻找工艺品，或寻找传承原始技艺的工匠、工厂、材料。对我来说，这是无穷无尽的知识吸纳，总会有新的地方等着你去发现。

那么多不同的中国面孔，那么多不同的地方文化，同时也有那么多不同的工匠、材料和技术，对我来说，这是源源不断的灵感来源。

问： 你怎么看你们三人的合作？

克里斯托弗·约翰： 我们三个人在一起工作得很好，因为我们确定了各自的优势，并能把各自的优势融入项目中，互补。想法和灵感来自我们三个人，但张雷更像是优秀的沟通者，并且非常善于分享他的想法。他很擅长解决问题和组建团队，擅长发现每个人的优点并相应地利用这些优点。

就我个人而言，我更喜欢用自己的双手工作，喜欢完成坚实的作品。我不只是做电脑设计、模型或照片处理。我还需要一些坚实的材料在我的手上，用它们做一个原型。

约瓦娜非常擅长把握整体的视觉效果，给素材赋予感情色彩。她会发散性地思考，直接用想法触达问题的根本。她能排除干扰，积极地寻找解决方案。她想出了很多好玩的解决方案。她的作品非常迷人、有趣，丰富多彩。她把极具个人风格和个人品位的视角投入她的作品中，真正地传达她的所见、所想。

而张雷的思维则是非常清晰的，很有条理。他总是在工作中投入大量精力，促成最好的结果。我想他达成了最初为自己设定的目标。

我认为我们这三种品质在一个项目中都是非常有价值的，而且我们擅长将这三种不同的品质整合到一个项目中。

我们来自三个不同的国家，三种不同的文化我们带来了三种不同的视角。我们不是在每个问题或每一个想法上都意见一致，但我们总能找到办法解决这个问题，来满足作品的需求。我从他们两人身上学到了很多，我想他们也一样。

土耳其翻译家的中国父亲

关键词

"一带一路" 文化自信
文学作品 中国形象

写在前面的话

中文——中华文明最重要的载体，随着中国综合实力的日益增强，世界范围内掀起"汉语热"，越来越多的外国友人来到中国，满怀热忱地学习这门古老的语言。

最美的风景是人，他们的探索不仅停留在字词章句层面，更通过了解这方热土上的人民，深入了解中文的意境之美和内涵之美。在心与心交流的过程中，他们结下了深情厚谊，播下了跨越国界的友谊之树的种子。

当今的世界舞台上，不再只有中国人讲述中国故事，还有无数了解中国的、具有"中国情结"的外国人，用热情洋溢又真诚万分的乡音展现最真实的中国。在当代中国传播的恢宏历史篇章中，正是这些真情流露的普通人，在一笔一画地描绘着中华文化的细节。

人物简介

张强（Zhang Qiang）： 北京语言大学人文社会科学学部人文学院教授。

巴哈尔·克里奇（Bahar Kilic）： 来自土耳其，中文名李春，新中国成立后北京语言大学第一批土耳其留学生。由她翻译的余华作品《活着》在土耳其再版 16 次，引发土耳其"中国热"。现为伊斯坦布尔奥坎大学中文翻译系讲师。

相遇的故事

巴哈尔是北京语言大学第一位土耳其留学生，张强教授是她的导师。作为当时班级里唯一的外国人，张强教授给予了她超乎寻常的耐心，努力确保她理解课程的内容。巴哈尔勤奋的学习态度和活跃的课堂表现也让张教授印象深刻，他总是骄傲地告诉别人："在我的教学生涯中，为有这样一个优秀的学生，感到自豪和开心。"在攻读硕士学位的日子里，巴哈尔在学校的时光几乎都是和张强教授一起度过的，他们一起喝茶、一起聊天，畅所欲言。

性格开朗的巴哈尔与张教授结下

了真挚的师生情谊，多年的求学生涯也让她与教授的妻女拥有了家人一般的亲密，她称他们为"中国父母"和"中国小妹妹"。背井离乡，又重获家的温暖，这样的缘分令巴哈尔非常珍惜："中国对我来说意味着生命。因为我在这里生活、工作了13年。这里关联着我拥有的一切。我的幸福、事业、爱、激情、眼泪，甚至我的糟糕时刻，所有的一切。"

在张强教授的帮助下，巴哈尔将余华的作品《活着》翻译成土耳其语，这部小说在土耳其反响热烈，从2016年到2021年再版了16次，共印发了24000本，引发了土耳其读者阅读中国文学作品的热潮，更多的出版社开始选择出版中国文学作品。

巴哈尔回到土尔其后，担任伊斯坦布尔奥坎大学中文翻译系讲师，并致力于中国和土耳其之间的文化交流。作为"文化外交官"，结下父女情谊的两人为讲述更多更好的中国故事而不懈努力着。

问答录

问： 您第一次见到巴哈尔是什么时候？作为土耳其学生她的到来有什么特殊意义？

张强： 第一次见到巴哈尔是她考上我的研究生，那是十多年前的事了。因为她是第一个来自土耳其，并在中国接受完备的本科教育之后，又继续读硕士、博士的学生。一见面，她是一个非常清爽、非常阳光，也非常聪明的小姑娘，非常可爱。所以她给我留下了非常深刻的印象。

中土交流，有非常深远甚至是重大的意义，历史上的土耳其和中国的关系源远流长。我们语言大学就曾经有一位国际上知名的大学者——盛成教授，是现代土耳其国父的座上宾。在土耳其的语言里，中国的称谓还是"秦"的发音，秦朝的秦，大秦。这体现了两国文化交流的深远。在两国关系悠久的历史当中，文化交流是有一定断档的，时隔多年以后又有来自土耳其的青年学子——李春（巴哈尔的中文名字）来我们这里求学，这当然是两国文化交流史上很有趣也很有意义的事。在她之后，逐渐地，来自土耳其的学生多了，我们去土耳其留学的也多了。这让人很欣慰。

延伸阅读

盛成，诗人、作家、翻译家、语言学家、中西文化交流的杰出使者、法兰西共和国荣誉军团骑士勋章获得者。1899年，他出生于江苏仪征一个家境没落的汉学世家，少年时代就加入同盟会，追随孙中山，被誉为"辛亥革命三童子"之一。后黄兴夫人赞助他赴法留学，与周恩来、李立三等人领导了留法学生运动，并参与创建法国共产党。在法国期间恰逢"达达主义"运动潮涌入巴黎，盛成先后结识了查拉、杜桑、阿尔普等"达达"鼻祖，以及毕加索、阿波里耐尔、布雷东、海明威等正在脱颖而出的世纪大师，并与毕加索、海明威结为挚友。1928年在巴黎出版自传体小说《我的母亲》，震动法国文坛，诗人瓦雷里为该书撰写了一篇长达16页的万言长序，盛赞这部作品改变了西方人对中国长期持有的偏见和误解。该书得到纪德、罗曼·罗兰、萧伯纳、海明威、罗素等人的高度评价，先后被译成英、德、西、荷、希伯来等16种文字在世界各地出版发行。1929年春，盛成告别法国文坛，去实践"读万卷书，行万里路"的抱负，途中，曾受到土耳其总统和埃及国王的盛情款待。1978年10月回国后任教于北京语言大学。

问：您作为语言大学的教授，怎么看外籍学生与咱们自己国家学生的差异呢？

张强：差异非常多。就以巴哈尔为例吧，她是在另外一种文化环境中长大的，和咱们的学生相比，第一个不同就是特别开朗、外向、沟通能力强。她善于讨论，会提出她自己的见解。

我们的学生很多时候是不大善于表达的，即便他们有非常好的见解和观点，但说得少。所以有外国学生，有巴哈尔这样的学生在的课堂，往往教学效果是非常好的，相当于一种带动作用。因为她能够加强师生交流，深入地交流。

另外一点，就是外国同学对问题的看法，天然地受他自己背景的影响。以另外的一种角度看一个我们认为司空见惯的问题，这对讲课的老师来说是一种挑战，但有挑战就有丰富、有提高。

我想，不管是本科生还是研究生

的课堂，中外学生间最大的区别就是课堂讨论。应该说，我们的学生欠缺这样的氛围。

外国学生依据他自己的背景、他的价值观，和我们讨论学术问题，提出和我们的思路、观点完全不一样的疑问。事实上拓展丰富了我们的课堂。

当然，从学术教育上我们是严谨的。我的专业领域是中国20世纪的文学研究，也叫现当代文学，她是这个专业的研究生。作为研究生，必须要学习科学研究的方法论，学习古今中外那些重要的学术理论、学术流派，以及我们做科研需要掌握专门的训练。这都是必须掌握的。

我还有一个专业研究方向的课——戏剧研究。我倒觉得巴哈尔更适合做这个戏剧研究，因为她很容易投入剧情。我更了解她，和她的关系更亲近一些，是因为我是她的导师，其他的外籍学生有别的教授做他们的导师。

问： 您的外籍学生非常多，是吗？

张强： 这里有一个背景，就是我所供职的北京语言大学，在很长时间内是中国唯一一家中国政府对外进行汉语言文化教学和传播的学校。大概在90年代之后，其他大学才可以接收外国学生，在过去只有这所学校能够接收。这是一个历史传承，一直以来，我们学校的外籍学生都非常多。

这也造就了一个有趣的事实，新中国成立70多年，大部分国家的驻华大使，都是我们的校友。我们每年毕业典礼或者开学典礼，在座的除了来自全世界各个角落的家长，各种服饰的、各种年龄的来宾之外，还有至少一百五六十个国家的大使、参赞，等等，非常有趣。

一到开学季，校园里的梧桐大道，从东大门到南大门，万国旗夹道插满，还有文化节时，都非常热闹，

可以说是一个国际大聚会。花街游行，100 多个国家的学生，按他们国家自己的习俗和民族的习惯穿着打扮，在校园的主干道上敲锣打鼓地行进，那真是一个快乐的节日。在我看来，比奥运会入场还要有趣得多，所以北语在国外有一个名字，叫"小联合国"。

巴哈尔是第一个来自土耳其的学生，相当于给"小联合国"增加了一面旗，相当于接续上了两国悠久的交往历史，这是令人欣慰的事情。我工作的这些年，在语言大学，一半的学生是外国人，来自 55 个国家。我开玩笑说，从肤色上讲，赤橙黄绿青蓝紫，我都教过了。就是不管哪个国家、哪种文化、哪种宗教，只要包容和尊重，就能交流、就能传播。

延伸阅读

从 1962 年成立之初招收了第一批 11 名非洲学生，到如今每年有来自 130 多个国家和地区的上万名留学生在此学习，北京语言大学赢来"留学生首选高校"的美誉。作为一年一度的文化交流活动，北京语言大学世界文化节，一直秉承多元、平等、包容的理念，为来自世界各地的留学生搭建展示与交流的平台，同时也是北京语言大学对外树立国际化形象的重要窗口。每年都有来自世界各地百余国家和地区的近千名北语菁年学子，带领万余名社会各界人士共同体验，参与者以展棚、巡游、节目表演等多种形式展现本国文化特色。

问：巴哈尔称您和您的夫人为"中国父母"，称您的女儿为"中国小妹妹"，这种家庭般的关系是如何形成的？

张强：这有两个原因。第一个是我自己做学生的时候，我的系主任教我的，终生应该遵守的一个原则：就是什么叫老师。除了传道解惑授业，更重要的是你自己要作为一个化身，是有良知的，是有父爱的，不仅教学问，还有方方面面的关怀。

中国古话"天地君亲师"，五伦之内，说明老师不仅是个职业，不仅承担传道功能，还要有关爱。

还有一个原因就是巴哈尔，我通常叫她中文名字"李春"。这个孩子非常可爱，我妻子一见她就喜欢她。我女儿和她两个人就像好姐妹。我的家人、其他学生、朋友看到她都喜欢她。

她阳光开朗，一下子就被我们家人接受，形成了这种亲密的关系。几乎每到节日，只要她在中国，一定要打电话问师母在不在、妹妹在不在，一定要我们找个地方吃一顿。

一般我的学生来吃饭都是我妻子付钱，只有李春，她有一个原则，那也是让我很感动的地方。她总问我："你告诉我，孩子工作了是不是应该要请父母吃饭？那你就不能掏钱，OK。"她就是用这样的借口来付钱。

哪怕是匆匆地路过家里，也一定带一个小小的礼物给我的每一个家人。细微处能感受到她发自内心的友善和关爱。

在课堂上，我们虽然是师生，但可以成为平等讨论、争论的伙伴、对手。问题讨论完了，今天不讨论了，

马上她又是非常乖的，像我的女儿一样。所以这种体验是蛮有趣的。

其实无论是哪国人，成为好朋友以后，你会忘掉他是一个外国人，会忘掉他的肤色、他眼睛的颜色、头发的颜色。你叫他一个很亲切的名字，那个时候大家就是一家人。在我看来，这是不同文化的人最好的一种相处方式，大概也是我们的领导人提出来的，构建人类命运共同体的一个初衷和愿望。

问： 能谈谈目前巴哈尔正推动的关于书法领域的中土文化交流吗？

张强： 我从小练习书法，写字写了50多年，但是自己仍然不满意。就

是因为书法不但有趣还博大精深，它是一种完全抽象的线条构成的艺术，它跟绘画不一样。绘画你可以无数次地描，去修饰。但是书法就一遍，一气呵成。一幅好的书法作品其实是灵感的迸发。

中国书法是世界文化遗产，非物质文化遗产。国家领导人也非常关注这一块，因为它是我们中国文化最有价值的代表之一。

从土耳其方面讲，他们的书法也源远流长，在他们的文化里，也有颇有影响力的书法艺术家。

一个横跨欧亚，一个来自遥远的东方。两个古国，两种书法艺术放到一起交流、一起展示，这本身就是一种成功，一件有意义的事情。

与土耳其的书法交流项目，恰恰是李春（巴哈尔）和另一个在中国读博士的土耳其小帅哥，他们提出来的。他们正在和土耳其的包括政府方面，还有一些相关的画廊、艺术机构等沟通，紧张地筹备中。

可能很快就可以在土耳其开始了。这个活动很有趣，要去走几个城市，一边展，一边讲，一边交流。

我这一辈人以及很多前辈同事，都是自发地为传播中国语言文化创造条件，尽绵薄之力。以书画、戏曲、剪纸等为载体，宣传这些中华民族特有的东西。

当然了，在我看来，要有文化交流首先是政治交流，世界的和平，区域的稳定，那才是文化交流的前提和根基。但是文化交流就像朋友相交一样，基于自身魅力互相吸引。这种交流不是刻意的，而是来自于民间的那种亲近和对对方文化的好感与热爱。

因此从这个角度讲，它可能更有长远的价值，这是一种相互的欣赏，甚至会慢慢带来一种相互的认同。文化就是这样，它不是立竿见影，它是细水长流，这在我看来是更有长久的意义。

尤其是，文化艺术很多时候基于兴趣和天分。爱它学它，不仅是掌握技能，更是在你工作累了的时候，有一个让你静心舒缓的方式；当你高兴、愉悦的时候，有一个可以抒发情感的通道。同时，当你去一个陌生的国度，你可以找到志趣相投的好朋友。这就是文化的力量。

延伸阅读

土耳其的书法艺术传承于阿拉伯书法，即 Arabian calligraphy，是伊斯兰时代的阿拉伯文字书写艺术，起源于手抄本的《古兰经》。

阿拉伯书法具有悠久的历史，字体繁多。一般认为，11 世纪是划分阿拉伯书法时期的界限，之前为古体时期，之后为新体时期。它在伊斯兰文化史和世界文化艺术领域中占有重要地位。

由于奥斯曼土耳其帝国时期对阿拉伯书法艺术颇为重视，使这门艺术在土耳其得到了很大的改进和升华。16 世纪被尊为土耳其"书坛泰斗"的哈姆杜拉·玛西和曾经在麦地那圣寺中留下笔迹的阿卜杜拉·宰赫迪，都是土耳其最杰出的书法大师。

问： 从您的视角谈谈当今中国文化领域的对外传播与引进？

张强： 这是一种共赢。第一，任何异域的文化对我们文化的发展提高都是最有价值的，是养分，也是参照。第二，中国的文化对外是有魅力的、有竞争力的。中国的发展带动了这种竞争力的外溢，很多外国人有动力了解你、学习你。

文化交流首先是实干。比如我们就希望能够把中土两国的书法交流先做成功，双方各做一个"文化中心"作为平台，借助这个平台，双方的艺术家、双方的相关学者，甚至双方的平民百姓，可以最正面地接触到来自异域的文化，去体验、去学习。随着影响力的扩大，也可以扩展生成其他东西，逐渐丰富。这需要大家一起一步一步踏实地努力，我们愿意去做这个事情。

做文化传播首先要有底气，这个底气就是中国的发展。我的长辈属于为新中国流过血的那一代人，所以当代中国每一个变化、每一个进步，对我来说，都是刻骨铭心的一种印记。

在一个书画展上，我特别请了两位老的校领导，其中一位今年 92 岁，他是 20 世纪 40 年代就参加革命工作的老干部。他一句话就让我特别感

动，他说："我们用自己的双手把这个国家一步一步地变成了我们当年期待的那个样子。"

另外一位老领导88岁，他说："我们这一代人曾经讲，共产主义就是楼上楼下、电灯电话。那个时候觉得遥不可及，得几代人拼命努力。今天看，已经不只是楼上楼下、电灯电话了，我们有手机了，我们有电脑、有网络了，我们家家有汽车了，我们可以到世界各地去旅行，我们获得足够的尊严尊重，我们成了世界第二大经济体。"

我们的每一个国民，能够享受到快乐和尊严，我觉得这才是一个现代国家的基石和立国的目的。这也是文化传播的基石。

问： 谈谈你对张强教授记忆最深刻的印象？

巴哈尔·克里奇： 我们有很多回忆。我从2009年就认识他了，至今已经十年之久。我想对我来说，他最特别的时刻是在我硕士毕业之前。完成论文的过程很艰难，我当时压力很大，很紧张。他发现我不能按时完成作业，作为我的导师，他就总在我身边，给予我及时的帮助。

但压力依然非常大，因为我要在评审团面前用中文答辩。你知道用一门外语完成硕士答辩的难度有多大！我几乎心脏病发作了。在我进门前，他给了我一个温暖的拥抱，他告诉我："相信自己，我相信你能成功，我相信你，你会成功的，所以不要对自己失去信心。"那对我来说，是决定性的一刻。让我重新站起来，能够对自己说："是的，我就站在这里，我要成功。"

对旁观者而言，那片刻的拥抱算不了什么，但对我来说那是异域游子获得的最大的支持和鼓励。那种温暖直到今天依然记忆犹新。

问： 中国对你来说意味着什么？

巴哈尔·克里奇： 可以说中国对我来说意味着生命。因为我在这里生活、工作了13年。这里关联着我拥有的一切。我的幸福、事业、爱、激情、眼泪，甚至我的糟糕时刻，所有的一切。因为我就生活在这里，无论怎样，我在这里学到了很多。是中国造就了我，所以她对我来说意味着生命。

我第一次来中国就意识到这里发展非常迅速，这很容易让初来者感到惊讶。甚至睡一觉醒来，一切都会变化。你会发现自己几乎身处另一个城市。她总是让我有那种感觉——日新月异。

中国成为世界大国背后有汗水和努力，这已经在深刻影响着其他国家和人民了。变化是如此之快、之巨大。不仅是科技的发展，国际关系也是如此，中国正在成为具有世界领导力的大国，中国的文化交流规模非常大，发展非常快。

问： 张强教授习惯叫你"李春"，他说这样很亲切。这是你的中文名字吗？

巴哈尔·克里奇： 是的。我的名字叫Bahar，在中文里的意思是春天。我取了这个名字，因为我觉得这个汉字最适合我的名字。但张强教授平时并不叫我名字，他叫我"女儿"。

他不只是我的教授，不是只关注论文、毕业任务、会议、文件什么的，而是一周至少见面六天，每天几个小时。在攻读硕士学位的那段日子里，这是每天的日常。我在学校的时光，几乎都是和他一起度过的。

放学后，我和张老师的家人一起吃东西、一起喝茶。我们聊天，什么都谈。在那段日子里，张老师和他的家人给了我家庭般的温暖，在我需要支持安慰的时候站在我身边。

当我换了个学校去读博士，也并不害怕陌生的环境，因为我有他们做"靠山"。我会经常去看望他们，我们在一起很开心，我很享受其中的每时每刻，那是家庭的时刻。我想我现在已经有了"中国基因"。

达·芬奇理想博物馆的中国画

关键词

达·芬奇　文化自信
东方艺术　人类命运共同体

写在前面的话

　　一双西方的眼睛，着迷于东方艺术；一双东方的手，执着于西方油画技法的变革与探索。来自两个国度的艺术家，相遇便是知己。500年前达·芬奇的东方哲思在机缘巧合下得到了东方的回应。

　　文明因互鉴而精彩，艺术因交流而共鸣。将一场艺术盛宴融入一幅画作中，如同跨越时空的桥梁，铺陈横跨两万里、纵横五百年的精神轨道，将延续五千年的中华文明最深层的精神追求和最独特的精神标识带到了意大利，又将恢宏灿烂的古罗马和文艺复兴文明成果带到中国。

　　带着文化自信，用画笔做谱，让艺术成为增进各国人民友谊的协奏曲，为助力构建人类命运共同体贡献自己的力量。

人物简介

徐里：著名油画家、中国美术家协会驻会副主席。他致力于将中国书画元素与油画融合，积极进行深层变革与探索，艺术风格独特，是油画艺术多元创新的领军人物之一。国际影响广泛，所获荣誉遍及中外。

亚历山德罗·维佐斯（Alessandro Vezzosi）：达·芬奇理想博物馆馆长，意大利人，出生于达·芬奇的故乡佛罗伦萨芬奇镇，是意大利著名的艺术评论家，达·芬奇研究专家，跨学科研究和博物馆学的专家。

奇·里卡尔迪宫举办。这是全国美展自 1949 年设立以来首次亮相西欧国家，得以在欧洲艺术之都、文艺复兴发源地的世界知名艺术场所，展示中国当代主流美术的最新成就和鲜活面貌。

达·芬奇理想博物馆馆长亚历山德罗·维佐斯在开幕式当天，一下被中国画家徐里的作品所吸引。他认为这位来自中国的艺术家通过西方的油画来展现中国的文化、审美和哲思，"创造了一种真正、深刻、绝对新颖的艺术形式"。

相遇的故事

2015 年，中国第十二届全国美展国际巡展到访意大利，并在美第

由于研究莱昂纳多·达·芬奇多年，受达·芬奇的影响，维佐斯长久以来着迷于东西方艺术之间的联系，他非常欣赏徐里，并第一时间发现了徐里的潜质：这位通过西方传统的油画技术将东方艺术和思想翻译过来的画家，可以帮助欧洲观众更接近东方艺术。

艺术无国界，对达·芬奇精神的共感让他们很快变成了朋友。2017 年，由亚历山得罗·维佐斯亲自监制的《徐里油画集》正式出版发行。这是第一本由意大利人出版的中国画集，引起了巨大反响。

2019 年，为纪念达·芬奇逝世 500 周年，维佐斯策划了一场隆重的活动，他将达·芬奇 21 岁的珍贵素描手稿寄给了徐里，并希望徐里能够用独具东方特色的艺术风格和创意与达·芬奇进行"跨时空合作"。最终，徐里与"21 岁达·芬奇"共同完成的精彩作品，甚至被意大利海关认为太过珍贵而被暂扣，在维佐斯和中国大使馆的共同努力下才得以顺利通关，来到展出现场。

如今，这幅作品被收藏在了达·芬奇美术馆。500 年前的达·芬奇精神让中西艺术有了跨越时空交流的可能，而文化自信则让 500 年后的徐里将东方哲学带到了意大利。500 年的时光隔阂似乎已经不复存在，只剩下画中令人心驰神往的仙境。这也是馆中唯一除达·芬奇本人作品之外的画作，足以成为中国油画的骄傲。

家的作品，应该说还是头一次。那里富丽堂皇，非常有文艺复兴的古典文化气息。

很荣幸，在这次展览中，我结识了很多意大利文化艺术界名流。其中就有达·芬奇理想博物馆的馆长，我称他为维佐斯馆长。

问答录

问： 您第一次遇见亚历山得罗·维佐斯的活动是什么？您对那场活动的印象如何？

徐里： 应该是在 2016 年，意大利举办的第十二届全国美展海外巡展，我的画入选了优秀作品，因此我也来到了佛罗伦萨。在那里，我们非常高兴地在美第奇宫举办了这次展览。

美第奇宫是意大利文艺复兴时期，支持文艺复兴的一些画家的一个非常大的家族所建。可以说美第奇家族支持了文艺复兴以后，进而改变了整个欧洲的近代文明发展史。在美第奇宫举办中国美术展，展示中国艺术

延伸阅读

美第奇家族（House of Medici）从银行业起家，逐渐获取政治地位，14—17 世纪的大部分时间里，他们是意大利佛罗伦萨实际上的统治者，家族共诞生了四位教皇、七位托斯卡纳大公、两位法国皇后。

美第奇家族是文艺复兴时期最著名的艺术赞助人。"文艺复兴三杰"达·芬奇、米开朗基罗、拉斐尔以及波提切利、提香、丁托列托等有才华的艺术家在其家族资助和庇护下，创造了大量传世杰作。不仅如此，受到美第奇家族资助的还有政治学家马基雅维利、科学家伽利略等，也因此美第奇家族被称为文艺复兴教父（The Godfathers of the Renaissance）。

问： 意大利的达·芬奇学者对您的作品如此感兴趣，您对此感到惊讶吗？

徐里： 维佐斯馆长和我认识以后，我发现他对中国文化有非常高的认知度，对中国文化也非常重视。他看了我的画以后，应该说情有独钟。也许这是我们俩的缘分。

中国的油画源于欧洲。文艺复兴同样对我们的影响非常大，尤其是古典写实这一块。应该说文艺复兴不仅对整个欧洲，它实际上对整个世界的绘画的影响都是深远的。

油画传入中国，经过 100 多年，东方的意蕴逐渐融汇其中。比如，在清朝深宫里生活了 50 年的郎世宁，他那些作品兼具欧洲写实表现手法的同时，已经把中国元素、中国审美融合到他的画里了。

我的作品因为前后有几个时期的探索研究，这几个时期不论是通过人物还是风景，还是其他的一些内容，在表现上我始终在寻找着中国元素，寻找着东方神韵，寻找着中国精神、中国境界、中国气派。所以维佐斯馆长发现我跟其他画家完全不一样。他通过我的油画，一眼就看出这是中国艺术家用中国的文化、中国的审美、中国的哲学思想理念观念在表达，用油画来表现他的作品。

所以我们认识以后不久，他与另外一位博物馆的馆长共同策划，为我出了一本意大利语的个人画册，在意大利发行。这也是第一个中国的画家在意大利，由意大利的专家编辑、出版、发行的意大利文画册。我们一见面就有了这种不解之缘。

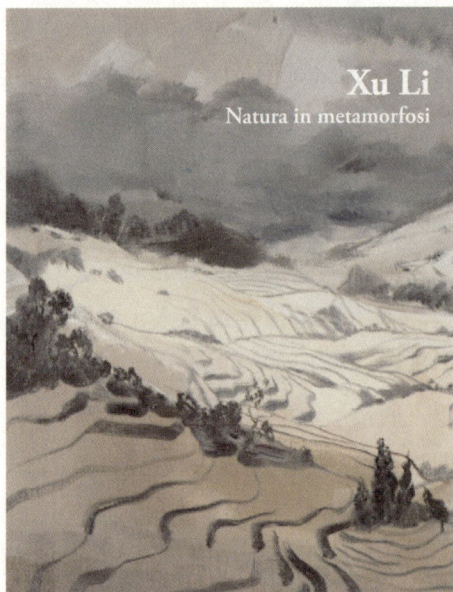

Xu Li
Natura in metamorfosi

延伸阅读

《徐里油画集》由意大利艺术研究院绘画院院长安德烈·格朗齐（Andrea Granchi）邀请出版，达·芬奇理想博物馆馆长亚历山得罗·维佐斯监制，于 2017 年由意大利佛罗伦萨 Angelo Ponteorboli Editore 出版社正式出版发行，是一部兼具中国气派和西方神韵的作品集。在书中，徐里用西方油画的表现手法创作出具有中国山水写意精神的作品，大胆创新，开辟了"写意油画"的新道路，开启了中国艺术在意大利的新篇章，也开创出中国当代油画的新径。

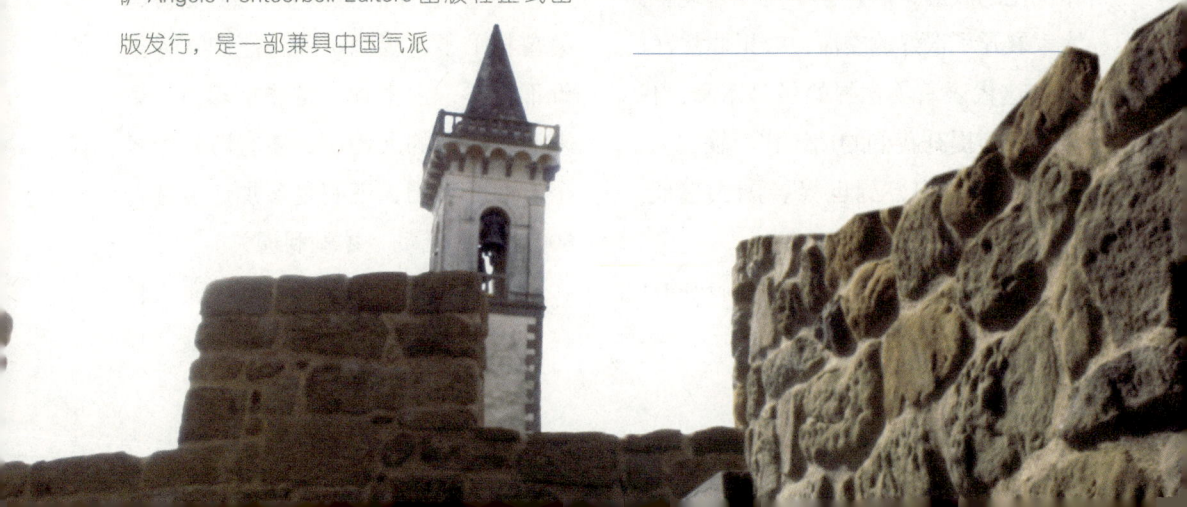

问： 您的绘画作品被国际观众观看，这对您意味着什么？

徐里： 2017 年，我们在意大利罗马斗兽场边上的维多利亚宫，举办了一次艺术与和平的中国文化展。这次与之前在佛罗伦萨举办的展览，在两国艺术、政经各界知名人士的关心与见证下，体现了"艺术与和平"的主题。通过展览能够传播一种世界大同、期盼和平、和谐相处的理念；通过作品把习近平总书记构建人类命运共同体的这样一个构想传播出去。

以此为机缘，后来我的工作室迎来了很多意大利的朋友，罗马美术学院、威尼斯美术学院等，很多美术学院的院长、教授来到这里。我们互相切磋，畅谈东西方文明、中意两国美术文化的底蕴，以及当下的一些现状。大家展开了很好的交流，效果非常好。

这代表着美术界的最高水平，代表着如何提升我们的话语权、软实力，讲好中国故事，到世界各国去巡展。这就是意义。

问： 纪念达·芬奇 500 周年的活动，您是如何参与的？

徐里： 2019 年是达·芬奇逝世500 年，维佐斯馆长非常隆重地发出邀请，让我去参加纪念活动，这是意大利政府一系列的官方活动之一。在去之前，我就画了一张油画，这张画很奇特，是我跟达·芬奇一起合作的。

达·芬奇在 21 岁的时候画了一张关于山与城堡的素描，我把他这幅作品搬进了我这张油画的左边，而右边是我的作品。这两张画合成以后，题目叫《对话》，东西方文化的对话，这非常有意思，细看能够看得出，它统一当中有变化，中国人的山水观跟欧洲人的山水观有区别。

维佐斯馆长看到以后，非常高兴，说一定要把这张画寄到意大利，来参加纪念达·芬奇逝世 500 周年的活动。

其中还有很多周折，意大利海关曾扣下了这幅画。因为他们认为报价不真实，这张画一定非常珍贵。后来通过我们的大使馆，还有博物馆各个方面的努力，证明是参加达·芬奇500 周年的活动，才顺利通关。

活动结束后，这张画就被正式挂在了达·芬奇理想博物馆的展墙上。作为一个中国画家，我很荣幸在达·芬奇这样一位巨匠的博物馆里有我们中国人，有我的这一张油画悬挂在那里，我感到无比自豪。在欧洲最著名、最具影响力的文艺复兴的代表人物达·芬奇这样一个纪念活动当中，有中国人的身影，我想这是非常荣耀的。

问： 您第一次遇见徐里的活动是什么？您对那场活动的印象如何？

维佐斯： 大约四年前（2015年），我在美第奇·里卡尔迪宫的圆桌会议上遇到了徐里。那次结识引发了我的好奇心，激发了我想要更好地了解这位艺术家，了解他所代表的东方艺术的欲望。

他的美学观，是利用现代油画技巧恢复中国伟大的艺术传统。他创造了一种真正、深刻、绝对新颖的艺术

形式。我认为徐里的作品给予我们很大启发，通过一些技术革新，复苏中国绘画的古老传统。

我对徐里绘画的兴趣来自一种朴素、清晰、根本的思想。他在他的画中实践了一种本质，一种极具诗意的东西——一种非常接近抒情新表现主义的东西。

问：您曾有过一次中国之旅，在那趟旅程中，什么让您记忆犹新？

维佐斯：（那次中国之行）是一个很好的机会去了解徐里，了解他所处的环境，了解他的艺术受众和人民生活的细节，了解他的艺术声誉，并在他的作品中发现我在我的批判美学分析中已经察觉到的东西，这是非同寻常的。

通过参观徐里的工作室，我了解了一个当代艺术家如何恢复过去的维度——中国水墨画的传统，并使它重新活在现在。这是一种惊喜，也是一种更好、更全面地了解徐里艺术作品的方式。我也学到了一课：把文字和视觉、文字和图片融合在一起……

我必须说，在中国度过的所有时间里，和徐里以及其他艺术家的交流，让我感到特别兴奋。我还有幸去凤凰

参加了一个大型艺术活动，探索这个以"凤凰"命名的小镇对我们西方人来说意义重大。正如"凤凰"是一种会复活的鸟，我在那里看到了中国的高尚传统是如何越过几个世纪的时间获得了新生。通过艺术产生新的城市景观和新的生活方式，通过将艺术引入历史小镇设置，像这样的艺术项目是真正发人深省的，会帮助我们了解中国非凡的千年文化。无法用语言来描述我当时的感受。

问： 东西方在艺术上可以互相学到什么？

维佐斯： 我们过去读到的关于中国的东西是如此迷人和有趣，我变得对中国文化及历史的关系越来越有热情。尤其是我长期研究的列奥纳多·达·芬奇本身就是一个对远东和中国保持开放态度的人。他是采用东方自然哲学，并在艺术和美学领域进行转换的艺术家，其作品可与中国特有的水墨画艺术相媲美。在意大利文艺复兴时期和更早的时候，西方和东方的关系当然不局限于马可·波罗或其他旅行者、探险家。

自 20 世纪 70 年代以来，我一直对当代艺术的表达和新先锋感兴趣。西方艺术不仅在风格、理念和技巧上发生了变化，还在技术方面发生了变化。古代和当代艺术之间的联系一直让我着迷。我相信与东方当代艺术主角见面是一个很好的交流机会。

达·芬奇在他的论文里就有关于把文字和视觉、文字和图片融合在一起的内容。他把这样的视觉研究转换成他奇特的笔迹，他甚至用左手倒着写。同样在这方面，徐里的书法作品为我提供了具有东方诠释意义的钥匙。

延伸阅读

达·芬奇专注使用镜像书写法，他的大部分笔记都是由右向左书写的镜像字，也就是需要把纸的正反面颠倒，才能知道真实含义，这也为其手稿的复原和解读带来了困难。达·芬奇一生勤于记录，写下了数以万计页的手稿，但现存的手稿仅有 5000 多页，且经过诸多波折分散于世界各地，被世人称作"含义模糊的纸片"。

问: 关于纪念达·芬奇逝世 500 周年的活动,您能谈一谈吗?

维佐斯: 2019 年是达·芬奇逝世 500 周年纪念。在达·芬奇理想博物馆里,我们想举办一个名为"达·芬奇的永恒"的展览,突出列奥纳多的现代性以及他的作品对当代文化的影响,特别是对艺术的影响,也有对科学的影响。

我认为有必要以徐里的作品开场,而且我必须说,从概念、形象和审美标准来看,徐里的作品是我们梦寐以求的最合适的作品。

(展示画作)这是列奥纳多·达·芬奇 1473 年 8 月 5 日为他的祖国绘制

的一幅非凡的画作。有沼泽、山谷、奇特城堡的风景，是这个地方精神的真实写照。

从这幅文艺复兴时期西方艺术杰作中汲取灵感，徐里的新作品《对话》将技术、图像和风格的表达融合在一起。完全是从中国人的角度，来审视重塑这幅达·芬奇在6个世纪前创作的理想风景画。

我们在引进徐里的作品时遇到了麻烦，这幅画在海关被耽搁了。我们一度怀疑它能否按时到达。幸运的是，在机构代表的帮助下，这幅画终于在5月2日之前送到芬奇镇，这太重要了。因为在那个纪念日上，在那个时刻，我们将以这种方式在东方和西方之间建立一座桥梁，在列奥纳多的祖国所代表的文艺复兴文化与中国一脉相承的文化之间建立一座桥梁，从而建立一种真正的开放关系。

5月2日，也就是达·芬奇逝世500周年纪念日，除了达·芬奇诞生地的两家博物馆揭幕外，还举行了其他一些活动。徐里还作了讲话——我很荣幸能站在他身边展示他的作品，并谈论和平，关于共同生活，关于国家、文化、文明之间相互尊重的交流。徐里所传达的信息，不仅从观念和艺术的角度，还从政治和意识形态的角度得到了赞赏。整个活动绝对是积极和令人兴奋的。

延伸阅读

达·芬奇理想博物馆（Museo ideale Leonardo Da Vinci）位于芬奇市郊，1993年通过学者和艺术家合作建立。这是全世界第一个试图通过展示达·芬奇丰富的兴趣领域来追溯其复杂个性的博物馆。展出内容包括达·芬奇所有绘画杰作的复制品、手稿的复制件、少量原作，甚至还有达·芬奇的指纹样本，以及他在托斯卡纳使用的稀有乐器、罕见的版画作品等。

作为达·芬奇的故乡，意大利芬奇市被托斯卡纳山包围，青少年时期的达·芬奇喜欢一个人到芬奇镇外的乡村漫步，随身携带一本记事本，记录着他从这里观察到的许多行星和动物的素描。这里的葡萄园和橄榄园至今还保持着和达·芬奇时代一样的景观。

恐龙奇缘

关键词

国际合作　文化交流
古生物研究　神奇灵武龙

写在前面的话

　　古生物学是一门"锤与针"的科学与艺术，化石不会说话，但深具洞察力的古生物学家们能够开启生命之旅，探寻人类起源的秘密。迁跃时光，回溯到巨兽横行的年代，从蛛丝马迹中复原曾称霸地球的生灵，探索亿万年前进化的真相，这是独属于古生物学家的浪漫。

　　中国作为古生物研究的热点地区，吸引着世界各地专家学者的脚步。多年来他们在田间野地栉风沐雨，不断加强学术联系，更结下了深厚友谊。

　　我国科技实力正在从量的积累迈向质的飞跃，中国古生物学也在国际古生物学领域完成从起跑到领跑的角色转换。在宏大的命题面前，中外学者的合作跨越侏罗纪，扶稳人类前行的船舵，书写下一章传奇。

人物简介

徐星（Xu Xing）：中国科学院古脊椎动物与古人类研究所副所长。他改写了始祖鸟进化历史，得出"始祖鸟并非鸟类"的惊人结论。他发现和命名恐龙新属种超过 70 种，是世界上命名恐龙有效属种最多的学者之一。

保罗·巴雷特（Prof Paul Barrett）：英国人，英国伦敦自然历史博物馆古生物学家，蜥脚类恐龙研究专家。

相遇的故事

20世纪90年代中期，正在英国读博士的保罗·巴雷特来到中国做研究，认识了中国科学院古脊椎动物与古人类研究所的研究生徐星。两人在导师的安排下，坐上了长达36小时的火车，前往四川自贡恐龙博物馆。就是这场"人生中很难再有的旅程"，开启了一段长达26年的友谊。在接下来两三周的考察中，保罗的博学与专注让徐星深受震撼，也更加坚定了他要认真做研究的心。在保罗的鼓励下，徐星开始将古生物领域的一些中文文献翻译成英文，让更多国内的研究成果"走出去"，为日后中外的学术合作打下了坚实的基础。如今的保罗·巴雷特已经成为英国国家自然历史博物馆著名的蜥脚类恐龙专家，而徐星凭借其热忱和努力，成为世界上命名恐龙有效属种最多的学者之一。2018年，这两位年少相识的学术大拿，一起宣布发现了一个改写恐龙谱系历史的新物种，并共同将其命名为：神奇灵武龙（Lingwulong shenqi）。

徐星： 其实我们日常的工作是很枯燥的，并没有像科普文章或者是电视节目里讲得那么兴奋。观察、测量、填表，这种工作才是日常。

比如给化石做"编码"，就是各种各样的物种编码，做演化树的分析，研究这个物种在恐龙演化树当中的位置。当然，这只是其中的一项工作，一般几项不同的工作同时进行。很大一部分时间会在野外。

我手头有 49 个标本，就通过观察测量数据，填进屏幕上这个很多格子的列表中。表里有我们数据库里的 772 个特征。当然这还谈不上大数据，但是数据量已经很大了。相当于理论上我们要采集 772×49 个数据，然后用这些数据来分析，我现在研究的这个标本在这些物种当中处于什么位置，比如说是最早出现的还是比较晚

问答录

问： 能简单谈谈您的日常工作吗？

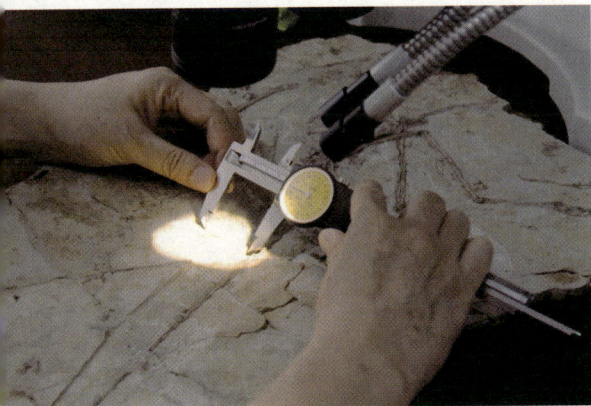

出现的。

把这些数据全填进去以后，做一个演化树分析，你会得到一些很兴奋的结论。举个例子说，我们前几年发表的论文，通过这样的分析，就得出来了始祖鸟不属于鸟类支系，而属于恐爪龙类的一种恐龙，就是侏罗纪公园当中那种很聪明的恐龙这个支系。这种让人兴奋的结论，就是通过日常很枯燥的一点点的工作，把它做出来的。

当然，观察恐龙还是很有乐趣的。比如说像这个样品，我现在要做一下观察，就可以看见镜头下面是小恐龙的一个肩胛骨，就这一块骨头，看这个骨头长什么样子，它的特征，

比如肩胛骨有个很重要的功能就是连接前肢。我们知道，鸟要飞，它要拍打翅膀，所以它怎么连接前肢和肩带是非常重要的。通过观察，你就可以推测这个恐龙的前肢运动方式，比如捕食、奔跑，还是拍打，就不太一样。

延伸阅读

演化树，在生物学中用来表示物种之间的演化关系的图谱。生物分类学家和进化论者根据各类生物间亲缘关系的远近，把各类生物安置在有分枝的树状图表上，简明地表示生物的进化历程和亲缘关系。在演化树上每个叶子结点代表一个物种，如果每一条边都被赋予一个适当的权值，那两个叶子结点之间的最短距离就可以表示相应的两个物种之间的差异程度。从演化树中还能看出：生物演化有一个规律，都是从水生到陆生，从低等到高等，从简单到复杂。

问： 能谈谈您最初怎么和保罗相遇的吗？他为什么来到中国，来到四川？

徐星：中国绝对是全世界的古生物学家都特别想来的一个地方。咱们国家的化石从系统性上讲，应该是世界上不多的非常全面的国家之一。像云南的澄江有很好的化石，应该说是世界的瑰宝。澄江动物群，5亿多年前的生命大爆发，是大家研究地球生命起源演化的一个重要方向。

辽西和周边地区，热河生物群，还有更早的燕辽生物群，这些中生代时期的化石帮助我们了解，比如鸟类是怎样飞翔蓝天的，哺乳动物是怎样

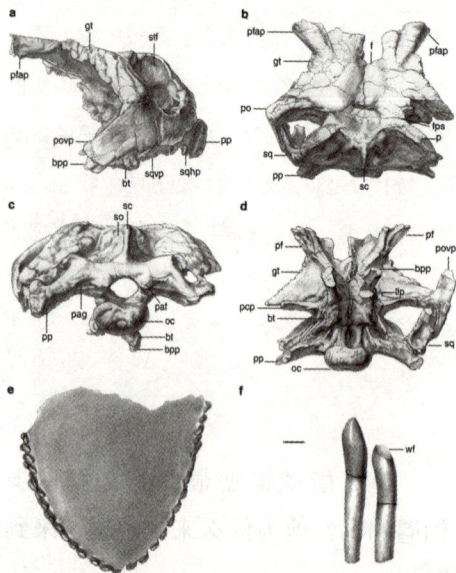

演化出来的，还有开花植物最早是怎样出现、怎么演化的……从这些中国的化石点上都能找到信息和答案。

我记得我跟保罗第一次见面大概是25年前。他应该也是在做博士或者是做博士后，我那会儿硕士研究生刚刚毕业。

虽然改革开放了，但当时和世界，尤其和发达国家比，我们科研差距还是非常大的，交流其实是很困难的。我记得当时，为了找一篇文献，写信去跟国外同行索取，但那时候写封信，国际邮件是很贵的，就非常舍不得。网络也还不发达，不像今天，你在互联网上点一下鼠标，你需要的大多数文献都会找到。所以当时跟保罗见面，我很兴奋地就想了解国外各种各样的方法、手段，也希望他能帮我找一些文献。

那次我跟保罗一起乘坐火车去四川自贡，当时经费紧张，只能自费先坐火车，然后再坐长途汽车，花了很长时间。因为当时的交通确实也没有现在便利。

到了四川自贡以后，他受到自贡

同行的热情接待，保罗非常感动，甚至都不知所措，说不知道怎样回馈人家。我想，保罗更兴奋的是看到自贡恐龙博物馆，那些化石对每个研究恐龙的学者来说，只要亲眼看见都会非常兴奋。

他虽然是个研究恐龙的学者，英国也是最早开始研究恐龙的一个国家，但是实事求是地讲，像英国等欧洲的一些国家，总体上化石是很破碎的，数量也是有限的。所以当他看到这么多、这么好的漂亮化石的时候，确实很激动。

他是个典型的英国人，英国的绅士，有着英国式的幽默。这就是我当时的印象。

延伸阅读

澄江生物群，位于我国云南澄江帽天山附近，是保存完整的寒武纪早期古生物化石群。它生动地再现了5.3亿年前海洋生命的壮丽景

观和现生动物的原始特征，为研究地球早期延续时间长达 5370 万年的生命的起源、演化、生态等理论提供了珍贵证据。

热河生物群，位于中国辽西地区。其间发现的化石几乎囊括了中生代向新生代过渡的所有生物门类，对研究热河生物群起源、鸟类起源（包括羽毛起源）、真兽起源、被子植物起源及昆虫与有花植物的协同演化等重大理论问题，提供了极为宝贵的化石依据。因此，热河生物群被誉为"20 世纪全球最重要的古生物发现之一"，是世界级化石宝库，中生代的庞贝城。

问： 那次四川之旅对您今后的事业有什么改变？对保罗呢，有没有改变？

徐星： 实事求是地讲，1995 年，我也是刚刚开始知道我喜欢干古生物专业，甚至在 1994 年，我还想过转行，干其他专业。英国学者保罗非常博学，他对专业的理解、知识面的细致程度，超过我的想象，震撼到了我。当时我自己都没有想到后来能坚持 20 年、30 年，接着搞这个方向。我的人生实际上还是没有完全定位的。那段时间，我跟保罗的人生是在不同的轨道上，但是后来我们越靠越近。

那次跟保罗一起去自贡博物馆，我意识到和国外同行做研究相比，我们在认真态度上还是有欠缺的。当时他在那里看标本的那种专注、认真的劲头，对我是有触动的。四川一行，我们聊了很多。保罗给了我鼓励，并请我把一些中文文献翻译成英文，这对我事业的发展应该说有很大帮助。英语是一种国际通行的语言，因为翻译的原因，我的第一篇科学论文就是用英文写的，直到今天，我有 90% 以上的科学论文都是用英文写的。这极大地方便了国际沟通与合作。可以说，那次旅行不仅明确了我的事业方向，还为后来的国际视野打下了最初的基础。

我们今天不光是研究中国的化石，我本人也参与了研究日本的化石、韩国的化石、阿根廷的化石，还在参与一些加拿大的化石研究。我也去过保罗的博物馆，看到大英博物馆收藏的最早的始祖鸟的化石。化石本身是有国家属性的，但化石研究，它蕴含的知识最终是要有益于整个人类的。

对保罗来说，他结下中国情缘之后，亲眼见证了中国整体的、各个城市的、民众的变化。他几乎每年都来中国访问，二三十年的来来往往中，他自己说："我们英国是一个变化不大的世界，但是每次到北京来，都有变化。"聊到最初北京街头的小马路小饭馆，那变化太大了。

几年前，保罗又去了一趟自贡，我们第一次看化石的地方。他告诉我的第一句话是，他都认不出自贡来了。这个国家的发展变化在他看来无法想象。

那次旅行是我和保罗25年友谊

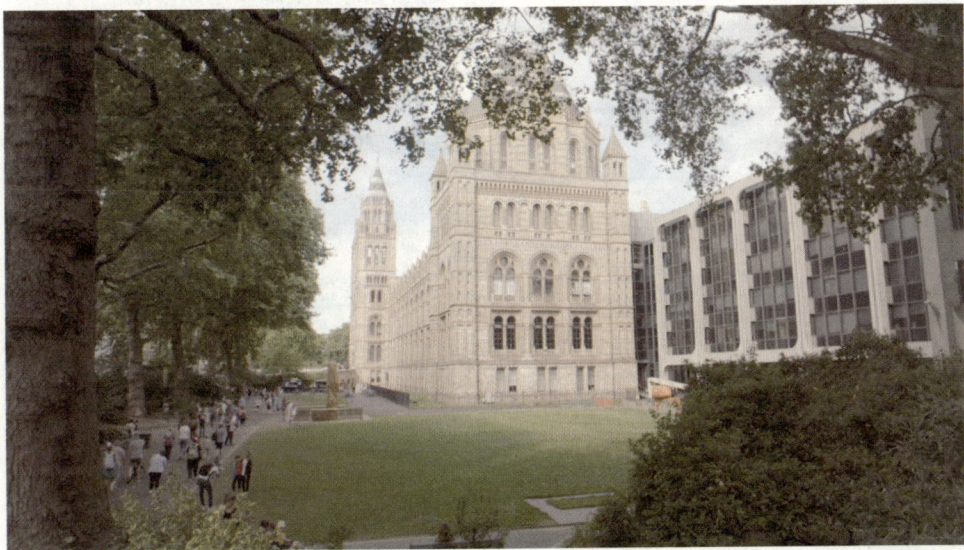

的一个开始，而且是最重要的一个因素或者催化剂。长时间地相处，吃饭在一起、坐车在一起，人生当中可能也没有几次机会能这样每天交流。对此后多年我们的工作关系、私人的朋友关系来说，这是一个开头。

延伸阅读

自贡恐龙博物馆位于四川省自贡市的东北部，距市中心11公里。它是在世界著名的"大山铺恐龙化石群遗址"上就地兴建的一座大型遗址类博物馆，是我国第一座专业性恐龙博物馆，世界三大恐龙遗址博物馆之一。

博物馆占地面积6.6万多平方米，馆藏化石标本几乎囊括了距今2.01亿—1.45亿年前侏罗纪时期所有已知恐龙种类，是世界上收藏和展示侏罗纪恐龙化石最多的地方之一。被美国《国家地理》杂志评价为"世界上最好的恐龙博物馆"。

问：能谈谈神奇灵武龙的发现吗?

徐星：灵武龙化石最早是当地一个叫马云的人在放羊的时候发现的，

后来我们到化石产地进一步寻找，找到了化石的原生层位，在2005年、2006年进行了采集。当时我很兴奋，那是北半球第一次发现叉背龙类、吃植物的。当时，我心里也稍微有一点打鼓。因为我研究的主要方向不是蜥脚类。

而保罗对植食性恐龙、对蜥脚类恐龙，做了很多研究。他有一个很好的对比资料库。我们就决定一起接着把这个工作做下去。最终我们确定这是一个新的叉背龙类，给它起名叫神奇灵武龙，对我们理解恐龙在一个关键时期的演化是非常重要的。

给恐龙取名字，有一些规律。比如说灵武龙，为什么叫这个名字？这是因为很多恐龙都会以它的产地来命名，如灵武龙或者朝阳龙，就是以产地命名。为什么叫"神奇"呢？这和它的种类有关系，因为确实没有想到，能够在宁夏灵武，尤其在亚洲的中国发现叉背龙类。这应该说是一个意外的发现。在中国，假如发现一个马门溪龙类的，或者发现一个角龙的化石是很正常的，因为你可以预料这种类型在亚洲是常见的，或者是存在的。但是在那个时候，你想不到叉背龙也会存在于亚洲。所以就叫它神奇，相当于一个神奇的发现。

延伸阅读

神奇灵武龙（Lingwulong shenqi），是中国中侏罗世早期（1.74亿年前）的梁龙类新属种。神奇灵武龙化石最早发现于2004年，由宁夏灵武市瓷窑铺一个叫马云的村民在放羊时发现，随后交给当地文管部门。2005年，经徐星鉴定，确认是恐龙骨骼化石。徐星等人随即在该地区组织了数次野外发掘，先后共发现了8至10个大小不同、代表不同年龄阶段的个体。

神奇灵武龙被确认的意义不仅仅在于发现了一个新属种，它或将改变人们对恐龙演化的看法。早期研究认为，包括梁龙类在内的一些动物类群，在东亚与其他大陆隔离之前尚未扩散到东亚。但神奇灵武龙的发现表明，在中侏罗世（大约1.74亿年至1.64亿年前），新蜥脚类恐龙已经呈现多样化，并且分布广泛。这也说明，主要的蜥脚类恐龙亚类群可能起源于早侏罗世，在成为地球陆地生态系统的主导类群

之前，已经有很长的演化历史。

问：谈谈你和徐星的交往？

保罗·巴雷特：我第一次遇见徐星是在1995年。我们在他工作的研究所观察化石。他当时的博士导师饶教授介绍我们认识。他是一个非常安静的人，非常周到、非常谦虚。徐星是他的同事中唯一会英语的人，我想一个中国人陪我们去四川真是求之不得。

我真的很想看看四川的两个大型博物馆，它们以恐龙化石而闻名。但那次旅行很不容易，36个小时的旅程，我们已经筋疲力尽了，迎接我们的却是一场倾盆的冰雹，我们在成都的中心街道上涉水而过，水淹到了我们的膝盖。

我很喜欢吃那里的宫保鸡丁，当然，连吃了5天之后，我也不太想吃了。这些经历过后，我和徐星成了很好的朋友。在那两三周的时间里，我们超越了谈论工作，结成了真正的友谊。

此后，在为我们翻译中文论文时，徐星真的帮了大忙。重要的中文论文对西方读者来说无疑是天书。多

年来，我们的事业几乎是同时发展的。我们都是从 20 世纪 90 年代的学生时代起步的，那时候我们分别在攻读博士和硕士学位。我们的事业轨迹非常相似，尽管徐星现在比我更成功。

作为一名科学家，徐星是非常细致、细心的，也非常开放。他喜欢与人分享想法和讨论想法，对研究资料，他非常慷慨。他组建有专业知识的团队来完成工作，从来不做草率的判断，每句话背后都有很多证据。

如今，每年在世界各地都会发现大约 15 种不同类型的新型恐龙。徐星无疑是引领者。他是在世的命名恐龙最多的人。单是他个人的工作就以惊人的速度推动了这一课题的发展。所以，能和他一起工作一定是我的荣幸。

问： 您能聊聊如今恐龙研究领域的发展吗？

保罗·巴雷特： 我们现在肯定正经历着恐龙研究的繁荣时期，有些人称之为黄金时代，确实如此。世界各地研究恐龙的人比以往任何时候都多，我们发现了更多的新标本，并使用新技术来真正了解它们的细节。我们会在探索其他领域的过程中发现更多的新技术，并使用这些令人惊叹的新技术来真正深入了解恐龙的样子。

2019 年就有一个由中、英两国科学家组成的团队，他们聚集在一起，对新发现的标本进行描述，并将其与世界各地的恐龙进行比较，然后会宣布这一新的发现。

这是一种全新的恐龙，叫神奇灵武龙，来自中国。它是一个新的蜥脚类恐龙，相对更著名的 Diplodocus（梁龙），它的脖子更短，出现得也较早。这些成果令人激动。

延伸阅读

梁龙（Diplodocus），是一种颈部和尾巴细长的大恐龙，生活于侏罗纪末期的北美洲西部，约 1.5 亿至 1.47 亿年前。体长约 27—53 米，个体最长可超过 50 米，体重约 10 吨。很

多年以来它都被认为是最长的恐龙。尽管梁龙体型很大,它的脑袋却纤细小巧。嘴的前部长着扁平的牙齿,嘴的侧面和后部则没有牙齿,所以科学家推测梁龙只能吃些柔嫩多汁的植物,且吃东西时不咀嚼,而是将树叶等食物直接吞下去。梁龙的第一副化石是由美国古生物学家塞缪尔·温德尔·威利斯顿(Samuel Wendell Williston)于 1878 年在美国怀俄明州的科摩崖发现的。

问: 能谈谈你眼中的中国吗?

保罗·巴雷特: 我认为现在访问中国与我 1995 年第一次访问中国时完全不同,北京这座城市以一种前所未有的方式变得巨大而高耸。我第一次来到北京让我震惊的是,尽管北京的城市规模很大,但与世界上其他大城市相比,北京的建筑比较低矮。

过去满街都是自行车,现在已经被各种汽车所取代。城市里的人口也比以前多了很多。虽然如今的北京和世界上其他的国际大都市越来越像,但它仍然有非常独特的中国感觉。

还有四川,我说过宫保鸡丁的故事,还有在我们离开自贡的前一晚,博物馆的工作人员带我们出去吃了一顿丰盛的晚餐。在那里,我第一次见到了一些特别奇异的食物。比如,那是我第一次碰到鸡爪,那也是我第一次碰到徐星说的"猪的器官",到现在我也不知道那是什么。

从学术研究上讲，中国无疑是世界上寻找恐龙化石最好的地方之一。在过去的二三十年里，这里挖掘出了数吨关于一些奇怪有趣恐龙的新标本，这些新标本对这门学科产生了巨大的影响。所以中国是任何古生物学家的必去之地、向往之地。

中国之旅对我的职业生涯影响深远。它给了我很多关于中国恐龙的信息，我可以把这些信息写进我的博士论文里。这也为我与中国的长期合作奠定了基础。我每年一次又一次地访问中国，与徐星和其他中国同事一起研究中国的标本和数据。

网红教授的中国亲人

关键词

化学实验　科普教学
改革开放　国际合作

写在前面的话

　　一位对中国充满好奇的外国人，为探寻中国春节习俗，进行了一次偏远乡村的旅行。一个对外面世界充满好奇的中国男孩，为求知与一位金发碧眼的长辈结下了20余年的不解之缘。如今，他们一个是红遍网络的化学教授，一个是义乌跨境电商的老板。自从相遇后，和蔼可亲的国际友人陪伴着这个来自中国乡村的小男孩一路成长，从懵懂少年到成家立业、结婚生子，最终亲如一家。

　　也许，爱上一个国家就是因为这片土地上可亲、可爱、可敬的人。

人物简介

赵永乐： 出生在河南某小村庄，9 岁时与大卫结识，此后多年与大卫保持紧密联系。大卫见证了他的成长，也为他的世界打开了一扇窗。如今赵永乐走出山村，在义乌从事国际贸易工作。

大卫·伊万斯（David G. Evans）： 英国人，中文名戴伟，英国牛津大学博士。他有两个爱好：一个是化学，一个是中国。1987 年，他第一次来到中国，对中国产生浓厚兴趣，此后每年都会来中国一两次。2001 年，他获得中国政府"友谊奖"，2002 年被北京化工大学聘为特聘教授。现致力于中国科普事业。

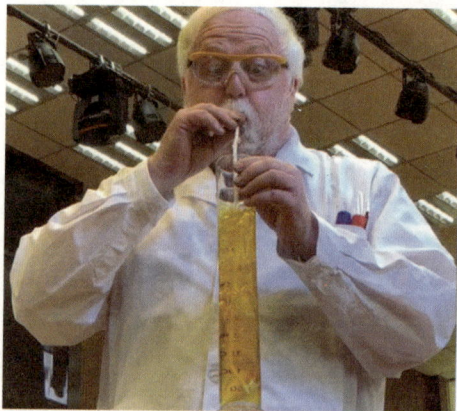

问答录

问: 您为什么对中国充满了兴趣?

大卫·伊万斯: 这说来话长,我十一二岁的时候,有两大爱好。一个是化学,这我知道为什么,因为我可以做很多有趣的实验。当时为了做实验先是被妈妈赶出厨房,后来又被赶出了花园小屋。

我的另一个爱好是中国。我不太确定为什么,我想是因为当时中国还没有开始改革开放,我几乎接触不到关于中国的新闻。这是一个幅员辽阔的国家,人口众多,在新闻里却近乎空白。1972年尼克松带着一大批记者来到中国,突然之间,信息爆炸了。

但之后,一切归于寂静。

我对中国很感兴趣,因为我想知道关于这个神秘国家的一些事情,可没有人知道太多。

1987年我曾在南京开过一次会。给我印象最深的是那里的饭店只营业到下午5点30分,我6点去找食物的时候他们就说:"没有。"当时在中国很多地方,包括酒店、饭店、商店,他们经常说"没有"。

从1987年到1996年,我每年来中国一两次。我会参观一些大学,做一些讲座,还有一些假期。所以我每年都看到中国发生了巨大的变化。在我所看到的30年里,中国从"没有"发展到几乎拥有一切。

1994 年，我开始与我现在的合作教授——北京化工大学的段雪教授合作，1996 年开始长期在中国工作。

中国的快速发展对我来说是千载难逢的机会，我希望为正在发生的事情作出我自己的贡献。

延伸阅读

大卫教授如今的工作重心已经从研究生、博士生教育转向中小学科普，他希望通过有趣的化学实验来提升小朋友们对科学的兴趣。他本人在生活中也颇具科学精神。新冠肺炎疫情开始后他并未恐慌，还在 2020 年 3 月接受媒体采访时，用自制图表证明武汉封城的有效性，并"预言"中国疫苗的及时出现和高有效性。

问： 在我们看来，赵永乐的生命轨迹原本很难和您有交叉，你们是怎样神奇地相遇的呢？

大卫·伊万斯： 在我常驻北京工作之前，每次住的那个旅馆的马路对面，有一个小酒吧，那个时候，北京大概没几间酒吧。这是一位在加拿大留学的女士开的，她对西方国家的社交生活有些了解。很多导演和电影明星经常来这里，能遇到这些与我来自不同领域的人很有趣。

与陌生人相识，我觉得这有点像中国版的《老友记》。我常泡在那个酒吧里，聊天、喝啤酒。我和所有酒保都成了好朋友，他们都来自中国不同的农村地区，大部分来自安徽省，因为酒吧的老板来自那里。

其中一名工作人员名叫赵辉，来自河南的一个小村庄。1999 年，赵辉对我说："你为什么不来我的村子过春节呢？"于是我们就上了火车。我记得我刚到那个村子，他那一大家子人就从全村的各个角落赶来迎接我。

他是一个八口之家的一员，他的

下一代有 18 还是 19 口人。我认识了所有的兄弟姐妹和侄子侄女，等等。我和所有的孩子都相处得很好，作为叔叔，我们一起在村子里玩得很开心。

我有一个相机，那在当时并不普及。我们互相拍了几百张照片，孩子们喜欢互相拍照。

其中有一个孩子叫赵永乐，他是二哥的儿子，当时大概九岁。他真的引起了我的注意，他是一个非常有好奇心的小男孩，有很多问题。

关于化学的问题，我认为我能回答，但还有很多关于物理和天文学的问题，我尽力回答了。关于国外生活的问题，他也很感兴趣，我都很开心地回答了。

回到北京后，我把所有的照片都洗出来，寄了一大包回去。其中还有给赵永乐的天文学和其他领域的书。

延伸阅读

数码相机进入中国市场大约是 1998 年左右，高昂的价位让很多人望而却步。最初的购买者多以记者、摄影师等专业人士以及公司白领中的发烧友为主，选购品牌多为索尼、奥林巴斯等。2000 年后，随着中国经济水平的提高，老百姓提高生活质量的追求变得越来越普遍，这也为数码相机进入普通家庭提供了前提条件。如今智能手机的普及，让照相再不奢侈，真正走入寻常百姓家。

问：据您的朋友说您喜欢乡下的春节，能谈谈为什么吗？

大卫·伊万斯：事实上这也是中国人的看法，我的北京朋友总是对我说"新年不再有趣了"。还说，"这是因为不能放烟花、放鞭炮"。

我认为这不是原因。原因很简单，现在北京的生活水平已经足够高了，节日也不再那么特别了。我妈妈说，在她小时候，圣诞节是很特别的。而现在，很多英国人在圣诞节工作。还有很多英国人在圣诞午餐后，开始上网购买节日礼物。也就是说圣诞节已经和其他任何一天没什么不同了，不再有趣。

所以，当我的北京朋友说新年不再好玩了。我就说："哦，你需要去农村，因为那里的春节非常特别，春节的那两周和其他 50 周完全不同。"在乡村里所有在外面工作的朋友、亲戚、邻居都会回来过节，每个人都"吃喝玩乐"，所以这两周是非常特别的。而相对中国农村的许多地方来说，北京每天都是中国新年。

他们（赵永乐和他的家人们）每年都会对我说："你什么时候来？"我会说："只要我能买到票，我就会去。"我几乎每年都能弄到一张票。我会对那些去海南、去泰国的朋友说，试试去乡下过年，这很有趣。

问：与赵永乐的结识给您的生活带来了什么改变？

大卫·伊万斯：相识之后我们保持联系，成了笔友。我想我们都在提高中文水平，我可以写越来越多的东西，表达更多我想说的话。我得承认他写的中文越来越高级，我学得比他慢。

此外，我做的第一个科普式的化学实验就是在赵永乐以及他的家人所在的那个村庄里做的。现在，这真的成了我的主要工作。我花了很多时间去中小学参观、去科学博物馆，为孩子们做演示实验。我记得那次是小苏打和醋的试验。

这种科普试验一开始只是我和家人朋友的一种爱好，现在已经成为我工作的主要部分。我试图让尽可能多的人有机会参加这种活动。

中国是一个如此巨大的国家，拨开大城市的表面，你会发现你还有很多工作可做。乡下有很多像赵永乐这样聪明、好学的孩子，我曾在偏远村庄为所谓的留守儿童开设了暑期学校，这些孩子的父母在城市工作，但他们和祖父母住在一起。怎样为更多孩子传播知识呢？在过去一年半，我已经把相当多的短视频发在网上，很显然这不是针对几十或几百个学生，我的目标是数百、数千甚至数百万的学生。

我一直在用短视频应用"快手"，这里的大多数观众来自农村，通过把试验视频放在那里，你可以接触到更广泛的观众。当然我也把视频发在很

多不同的平台上。

问：谈谈你和大卫教授的相识好吗？

赵永乐：我的家乡在河南省信阳市潢川县的一个小村庄。大卫第一次来的时候，我才上小学四年级。他是和我小叔叔一起来农村过春节的。刚见到他感觉特别稀奇，金发碧眼，特别高大。那是第一次有外国人到我们村，村民都会过来看。

大卫是一个特别和蔼可亲的人。我们问他有没有喜欢吃的，喜不喜欢吃我们这里的食物，他经常对我们说"入乡随俗"，都一样，你们能吃的，我都可以。特别平易近人，和蔼可亲，很好相处的一个人。简短聊几句就没了陌生感。我们会带他到祠堂边的空地上玩、去学校打乒乓球。

还有印象比较深的是，他会在暑假、寒假抽时间，给我们讲科普知识、给我们补习，做化学相关的试卷，辅导暑假寒假作业。他讲课特别有耐心，让人容易接受，特别贴近生活，让人很容易理解。我学到了好多东西。

他说起北京的生活就是节奏很快，他喜欢农村，因为中国过春节大家都从大城市回到农村去，农村是个特别热闹的地方。他想体验我们当地的民风民俗。他不太追求物质，内心特别善良。

我们之后成了笔友。学习上、生活上有些开心的事我们也会交流，他工作的一些事也会和我说。我从他那里知道了很多外面有趣的事。我们成了无话不说的朋友，感觉越来越亲近。

五年级的时候，大卫从新加坡寄过来一张明信片，上面是新加坡的全景，非常漂亮，我特别惊喜。还有就是北京申奥成功，他给我们带来了奥运福娃，每人一个。我的是熊猫京京，到现在还保留在身边，感觉特别珍贵，很值得纪念。我还记得他从皮箱里拿出礼物的样子，说"这是你们北京的"，语气特别欢乐。

当然，通信发达了之后，我们就会用电话联系，然后用微信。但是他现在为了给小朋友做科普试验，工作特别忙。但我们逢年过节的时候都会打电话、发短信，相互问候。

我爷爷那个时候开玩笑说，大卫就是他的第九个儿子。我们有十多年都聚在一起过年，一起吃团圆饭，围在一个大桌子边看春节联欢晚会。感觉一家人在一起，其乐融融，特别开心。我爷爷去世的时候，大卫也不远千里跑过来。对我们家来说，他就是亲人。

问： 你觉得和大卫的交往对你的人生有什么影响吗？

赵永乐： 大卫给我打开了一扇窗。他去中国每个地方，拍的照片都会寄给我。我印象很深的是新疆，他骑着骆驼，背后一片戈壁滩，非常壮观。还有别的地方，海南、甘肃、宁夏、成都，他去过的都会给我讲述当地的风俗民情和饮食特色，这些丰富了我的文化知识。

还有一点，就是大卫在工作上非常认真，加班加点，再辛苦再累也要

做好。他这么大年纪了，还坚持给小朋友们做科普实验，特别值得尊敬。中国有很多小山村没有博物馆、科技馆，看不到这些实验，学不到这些知识。但他通过网络把这些实验传递给小朋友，这种公益精神值得我们大家学习，我也要争取做更有意义的事情。

从我成长的经历来看，生活环境慢慢改变，形成了今天翻天覆地的变化。交通越来越便利，物质生活也越来越好。刚去北京的时候，车上连站的地方都没有。我上小学的时候，只有过节才有酒有肉，伙食能改善一些，现在平时也能看看电影，吃美食。刚来义乌的时候，我只有摩托车，随着生活条件越来越好，工作越来越努力，我买了自己第一部车子，送货也方便了。

因为我从事国际贸易，物流的发达让我特别惊奇，义乌发货到美国客户手里只要三天。到其他欧洲国家，比如法国、德国，都是三五天。这个速度是非常快的，很惊人，以前通过邮寄最少也要半个月。

认识大卫让我生活中多了一个良师益友，让我有了一个学习的榜样，让我对生活更加积极。他给了我很多正能量，帮助我成为一个积极向上的人。谢谢有个这样的朋友，在中国遇到他我特别高兴。

延伸阅读

义乌历史十分悠久，古称"乌伤"，自秦始皇二十五年（公元前222年）即建县名乌伤。1988年撤销义乌县，设立义乌市。现为浙江省县级市，由金华市代管。

这个中国普通的县级市，快递业务总量和增速连续五年稳居世界第一，是全球最大的小商品集散中心，曾经被联合国、世界银行等国际权威机构确定为世界第一大市场。义乌是中国首个也是唯一一个县级市国家级综合改革试点，人均收入水平全国县域第一，是中国最富裕的地区之一，在福布斯发布的2013中国最富有10个县级市中排名第一。

义乌不仅生产能力强、金融支持力度大，还拥有发达的物流体系。公路、铁路、海运、空运联动，"义新欧"货运班列，中美直航货轮，都是义乌不断发展壮大的坚实基础。

黑暗里的那束光

关键词

儿童医疗　人民健康
神经科学　中外合作

写在前面的话

　　医学，与人类日常生活密不可分。医者仁心，在中国医学发展史上，有很多像白求恩、柯棣华、马海德这样的国际友人怀着对人类福祉的崇高追求，来到中国与中国医生一起治疗疾患，为病人带去希望和光明。

　　改革开放以来，中国不断吸纳学习国际顶级的医学技术，结出累累硕果，为世界医学发展作出巨大贡献。"医学无国界"，中外医生握手背后，闪耀的是人道主义跨越国界、跨越民族的万丈霞光。

人物简介

柯林·布莱克默（Colin Blakemore）：
英国人，牛津大学神经科学荣誉教授。

濮鸣亮（Pu Mingliang）： 北京大学
基础医学院教授，主攻人体解剖与组织胚胎
学、视觉系统结构和功能研究。他与柯林教
授合作发现了治疗儿童弱视的新方法。

相遇的故事

　　1981 年，已经在业内颇具名气的英国牛津大学柯林·布莱克默教授前往中国做神经科学方面的研究，认识了当时还是技术员的濮鸣亮。柯林教授被他的聪明、积极和付出所打动，认为他"年轻又充满干劲儿，正是中国科学界需要的那种人才"。而濮鸣亮也发自内心地欣赏柯林教授的谦逊、幽默以及对中国的友好和热爱："改革开放初期，大部分西方人觉得中国很遥远、很陌生，并且不是很友好，可我感觉到中国人实际上是很有幽默感的，忠诚可靠，充满着真情实意。"

　　几十年的长期合作，让他们的感情愈发醇厚。如今的濮鸣亮，已经成为北京大学神经生物学教授。他们长达八年的合作项目有望彻底治愈儿童弱视，惠及全世界的儿童。

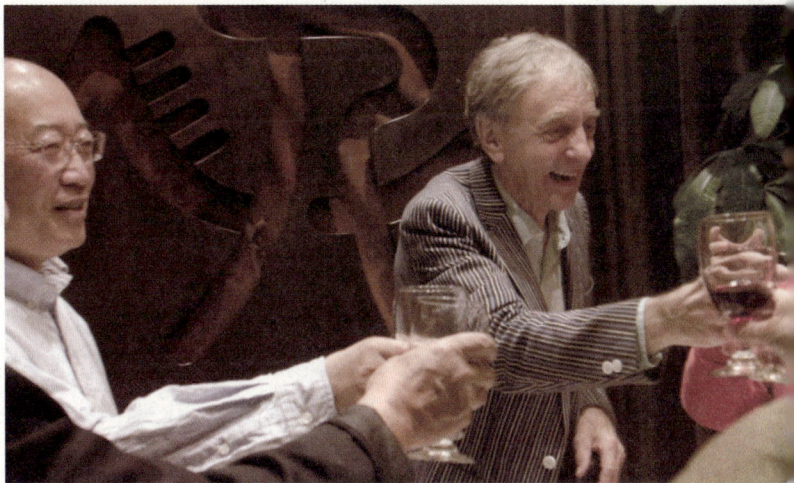

问答录

问： 能否简单介绍一下您自己？

柯林·布莱克默： 我的名字叫 Colin Blakemore，来自英国。以前主要在剑桥大学和牛津大学工作，我职业生涯的大部分时间都在牛津度过。现在生活和工作在中国香港，在香港城市大学任教。我从学习医学之初就对大脑感兴趣，这也是我一生的研究重点。作为一名对大脑结构和组织兴趣浓厚的神经学家，我几乎将所有精力都投入大脑相关的研究中去了。

问： 您第一次见到濮鸣亮是什么时候？您对中国的教学和研究经历的感想如何？

柯林·布莱克默： 那是 1981 年，我在北京工作。因为我在剑桥大学的实验室里合作三年的学生刁云程回到了中国，在中国科学院生物物理研究所建立了实验室，他邀请我来到中国继续合作。

就在那个夏天，我遇到了他——刁云程的一个年轻学生，我想他当时大概 20 岁，作为一个骨干技术员在实验室里工作，他就是濮鸣亮。

大概六年前（2013 年），我访问北京的时候，还邀请我们 70 后和 80 后生物物理所的同事们一起聚餐。刁云程、濮鸣亮，还有很多人和他们的家人，我们一起吃了一顿丰盛的午餐庆祝。那时候，我亲爱的朋友、我的学生刁云程还活着。如果不是交通意外，我想我们的友谊还会继续。

我很怀念那一段美好的记忆。因为实验室教学中元素很多，你必须考虑科学背景的差异、思考方式的差异，需要教他们如何做实验。你必须亲自动手向他们展示特定的技术，这在生物医学研究方面尤为重要。

我很享受和学生们一起工作的状态，看着他们获得技能，掌握手工或电子设备的操作方法，这对当时中国科研人员的培养来说是很重要的。

我来中国的次数很多，中国对我来说最大的印象就是变化非凡。生活质量的改善，经济、技术和工业的崛起，所有这些都令人惊叹。我非常荣幸能够看到改革开放的整个过程。

中国已经是一个领先的世界大国，我期待中国在政治、经济、科学方面越来越多地发挥领导作用。所以，我对中国的未来非常乐观。

延伸阅读

中国科学院生物物理研究所是国家生命科学基础研究所，创建于1958年，其前身是

1957 年建立的北京实验生物研究所，著名生物学家贝时璋院士任第一任所长，拥有生物大分子、脑与认知科学两个国家重点实验室，感染与免疫、核酸生物学两个中科院重点实验室，蛋白质与多肽药物和交叉科学两个所重点实验室。

问：您对濮鸣亮的印象如何？听说你们目前仍在合作，而且研究方向是开创性的？

柯林·布莱克默：濮鸣亮当时给我留下深刻的印象，首先是他的动力和承诺。80 年代正是科学在中国复苏的年代，从相当低的水平培养科研队伍，这需要充满活力的青年学生敢于担当，我想濮鸣亮就是中国科学需要的那种人。

我了解到，他的名字在中文里本质上意味着聪明，也就是说我正在和一个聪明且加倍努力的学生一起工作，这令人印象深刻。在那段日子里，我花了很多时间和他讨论科学、讨论生活、讨论他的抱负。

1983 年我们一起发表了一篇论文，他密切地参与了研究。在工作期间，我们更像朋友而不仅仅是实验室里的同事。多年后，我发现濮鸣亮在美国完成博士学位的导师，正是我好朋友克莱德·奥伊斯特。这让我们又有了一个奇妙的联系。

最近我们还在合作。从 1981 年开始，眼睛和大脑如何处理信息一直是我研究的内容之一。当这一信息处理过程出错，出现缺陷，特别是一只眼睛可怜的视觉焦点被覆盖和剥夺，那么就会产生视觉障碍。这种障碍称为弱视，这种衰弱会持续整个生命过程。目前还没有人能够开发出一种真正有效的治疗这种疾病的方法。

早期研究中，我们知道了这种疾病是如何发生的、是什么引起的，但我们不知道如何治疗它。濮鸣亮发起的实验我现在也参与其中，我认为这展示了一种治疗此类常见疾病新方式的巨大前景。

延伸阅读

视觉发育期内由于单眼斜视、屈光参差、

高度屈光不正以及形觉剥夺等异常视觉经验引起的单眼或双眼最佳矫正视力低于相应年龄正常儿童，且眼部检查无器质性病变，称为弱视。不同年龄儿童视力有不同的正常值下限：年龄为3—5岁儿童视力的正常值下限为0.5，6岁及以上儿童视力的正常值下限为0.7。弱视是一种严重危害儿童视功能的眼病，如不及时治疗可引起弱视加重，甚至失明。

问： 您怎么看科技进步与整个社会科学素养提高之间的关系？

柯林·布莱克默： 世界上任何地方的普通人都不太了解科学和它的作用，但他们的日常其实依赖于科学。但反过来讲，科学的进步最终也依赖于公众的支持。

比如中国在科学研究、创新和技术方面取得了巨大的进步，这是占人口比例并不大的专家学者努力的结果。但如果公众不喜欢某种特定的技术发展，他们就不会利用它，它就无法生存，也无法蓬勃发展。

科学界非常重要的责任，不仅在于教育下一代科学家、专家，还要向大众普及什么是科学，科技愿景是什么，什么科技应用会促进社会向好的方向进步……

我想，公众的素养对科学至关重要。仅靠学校里的科学教育是不够的，不管它有多好，更多的科普还是非常必要的。从科学家自身来说，也应该认识到责任和义务，通过媒体、电视、广播、写作，通过街头、超市、节日、剧院、艺术画廊的活动来与公众对话、与公众交谈，展示科学如何属于公众，它如何构成日常生活的基础。

问： 谈谈您和柯林的最初相识，印象如何？

濮鸣亮： 1981年，柯林来到我们生物物理所的实验室，刁云程老师是我们实验室主任，我当时就是实验室的一个技术员。我们就是那时候认识的。

我还记得那时候做的实验，是用来证明大脑半球之间的联系和双眼视觉有什么对应关系。

柯林是一个挺高大的外国人，给我的感觉不像是一个教授，非常和蔼可亲，而且无论多么细小的事都亲力亲为、脚踏实地。

因为很少见到像他这么有名气的人，做实验的时候亲自动手。有一次做完实验以后，他就去洗实验器械，刀、剪刀、镊子什么的。应该是我来洗，他毫不犹豫地说："我来洗，我来洗。"结果一个剪刀滑落，正好砸到他脚上了，我赶紧问："怎么样，你出血没有？"他说没关系，只是砸他凉鞋上了。

他做这些琐碎的小事，而且还是很自然地做，没有端架子。说老实话，当时我还不知道他是多么有名，直到我去美国读书的时候，我才意识到他是一个多么厉害的人。

我在美国的导师和他是同门师兄弟，同学。我们有一门课，叫双

眼视觉，课上讲了很多柯林的贡献。从 1967 年发表文章算起，柯林在 16 年里面发表了将近 20 篇《自然》（Nature）和 20 篇《科学》（Science）的文章，可见他多厉害。那节课之后我觉得这真了不起，我能有一个这么好的机会认识他，是我的幸运。

他不但专业知识丰富，懂得很多，而且非常风趣，会逗我们笑。当时见老外哪敢笑，都是一本正经的样子，但他就不一样，非常容易接触。

作为一个来咱们生物物理所的外国专家，领导有指示，让我们全方位地配合他熟悉生活。当年他住在友谊饭店，那是当时我们国家最好的涉外宾馆了。早上我去接他，可所里派车他不坐，他说我们不要坐车，一块骑车吧。我说我可不敢，这个骑车得经过咱们所里同意。最后我们好多人围着看他骑自行车，认定他的技术了才放心。

另外，柯林的兴趣非常广泛。他当时还去地摊买了一对小瓶还是一对小杯子来着，记不太清了。我就问他是不是很值钱，他说："价格不重要，但是太漂亮了。"他一直留着，放在家里。他对中国古董还是挺内行的，但是我们都不懂这些东西。

问：您目前的工作是什么？与柯林教授合作的项目如何？

濮鸣亮：我目前在北京大学基础医学院视觉功能重建实验室，我们的实验室主要是做视觉重建的事。

我们目前手头这个弱视治疗的项目，突破了传统的、大概有将近一千年历史的治疗方法，就是遮盖法。当然这个办法是有效果，可是效果并没有那么理想，只是没有别的办法，只好如此。这也是目前为止国际上的主流做法。

我们通过动物实验，然后是正常人实验，再到儿童实验，经过一系列扎实的实验，用将近八年的时间，发现了新的治疗办法。改善了孩子不配合，一遮了眼睛就不高兴、不配合的弱点。只要看电影，每天看一次，连续看三四十次就可以治疗了，效果也特别好。

我们和柯林合作的论文即将完

成，发表后就能让全世界的医生都能从中借鉴，给小患者进行恰当的治疗。

对柯林来说，他多年的追求就是找到治疗弱视的好方法，因此他也非常高兴参与其中。找到治疗方法，这是第一步，然后第二步我们会去做进一步研究。针对多种类型的弱视，个性化解决，这是我们今后努力的方向。

问：经过多年的发展，如今我国相关领域的科研水平在国际上是什么水平呢？

濮鸣亮：我觉得咱们国家科学发展很厉害，这感受太强烈了。记得1985年出国的时候，我是作为咱们国家最好的视觉功能研究实验室出去的，看到美国相关领域的研究以后，完全觉得又是另外一个天地。因为别人从研究思路、设备、动物试验来讲，都比咱们要领先一步。毕竟他们在这方面已经摸索出了系统性的制度，让科研做起来非常严谨，只有严谨的科学实验方法才可以有一个非常可靠的实验结果。没有扎实的试验支撑，你怎么做研究？这种差距就是我当时看到的。

到现在为止，我们国家这方面已经非常成规模了，现在你随便找任何一种国际顶尖杂志，《自然》《科学》等上面都有中国人的论文成果。当年想都不敢想。

从1985年到现在，不过三十多年，但是变化就是这么大。

我觉得科技的春天首先感谢改革开放，感谢邓小平同志，没有这个我们就走不出去，看不到差距。

至于我这个领域的国内科研发展水平，现在可以这么说，应该是跟国际上接轨了，甚至比他们要高一些。因为我们有优势，很多实验在国外做不了，在我们这能做。

比如，正跟柯林合作的项目就是研究怎么样能够有效地治疗弱视，我们的方法涉及很复杂的计算过程。通过算法运行弱视治疗的软件程序，让弱视小患者看电影，通过看电影接受治疗，每次四五分钟，一般来说进行二十到三十次就会非常有疗效了。可以很明显地改变他的视功能，提高他的视功能。这是领先国际的。

当英国古堡遇到中国园林

关键词

古建筑保护　文化遗产
园艺艺术　园林建筑

写在前面的话

　　无论中外，园林都是自然审美观在居室营建领域的表达。广厦高楼是建筑，取法自然是深情，两位古建筑的守护者、宣传者，因园林而相遇、相识、相知。虽有不同的文化传承作为底色，但人类共通的审美情趣让他们相见恨晚。

　　文化遗产，是一个国家和民族历史文化成就的重要标志，是对外交流的重要通道。中外园林都是生活艺术的体验，也是艺术生活的化身。沟通、交流、互通有无，让科技进步和古典审美交相辉映，把文化遗产融入现代社会，让子孙后代能够体会人文与自然和谐之美。

人物简介

薛志坚： 苏州园林博物馆馆长。长期从事古典园林的保护管理工作。

克里斯·里奇韦博士（Dr Chirs Ridgway）： 英国人，约克大学博士。自1985年起担任英国北约克郡霍华德城堡馆长至今。

相遇的故事

2018 年，英国霍华德城堡馆长克里斯·里奇韦和拙政园"当家人"薛志坚在苏州举办的世界遗产城市大会上相识，两人性情相投，相谈甚欢，相见恨晚，他们发现霍华德城堡与拙政园都在不断进化，让自然景观、建筑、花草树木及流水和谐地融为一体，这让中西方园林有了同声相应、相向而行的可能性。

2019 年 2 月，薛志坚一行来到了霍华德城堡。这个始建于 1699 年的城堡占地 9000 英亩，包括林地、农田、湖泊、花园和公园。东方园林专家的

来访，让克里斯馆长非常激动，他向
大家展示了一块专门留出的空地，并
表示准备在这里建一个中式的苏州园
林。这让薛志坚内心非常震撼，也深
受感动。建设这样一个项目，将使中
英园林艺术的隔空对话变为现实比邻，
是一个了不起的创举。

　　这个正在建设中的园林，不仅
是两位馆长的友谊凝结，更将让两个

跨越万里的历史遗迹拥有持久的文化
回响。

访谈录

问：作为管理者、守护者，谈谈你眼中的拙政园？

薛志坚：拙政园是中国四大名园之一，是中国第一批列入世界遗产名录的苏州园林。明代正德年间（1509）建园，保留至今的拙政园占地78亩，具有典型的明代园林疏朗、古朴、淡雅的风格。

整个园林分东、中、西三个部分，中部花园和西部花园是至今仍然保留比较完好的明清风格古典园林。

因水而见长，水是拙政园的特色，水之景上能够看到虚实相应、远近结合，各种造园手法在这里充分展现，你能看到框景、借景、障景、藏景等诸多手法。园内花木繁盛，各式古建筑样式繁多，亭台楼阁轩榭廊，各种繁复的古典建筑使得这座园林的人文气质更加丰富。

而它的林木、山水格局体，在这种人文气质中增加了空间的玲珑变幻，中国经典的文人园林的特点体现得淋漓尽致。

我非常喜欢在拙政园的水边走一走，特别是荷风四面亭，夏天接天莲叶无穷碧，荷香映倒影。也喜欢到小飞虹桥停一停，秋日明月照残荷。

这种独有的古典园林的氛围令诸多游人流连忘返，不仅有苏州游客、全国游客，还有国外游客。我们每年的游客量都在不断增长，2018年我们共接待了海内外游客400多万，之后我们的游客还在持续增长。

延伸阅读

苏州园林博物馆，于1992年秋建成开放，是中国第一座园林专题博物馆。

博物馆新馆现位于拙政园西侧，始建于

2005年10月，建筑面积3390平方米。整个新馆分成序厅、园林历史厅、园林艺术厅、园林文化厅和结束厅几个部分，其中园林艺术厅详细展示了叠山、理水、花木、建筑等造园手法。

问： 能简单介绍一下您与克里斯·里奇韦博士的相识吗？

薛志坚： 和克里斯先生结缘应该说是一直期待的。在苏州举办世界遗产城市大会的时候，在南园宾馆我与克里斯先生见了第一面。我的感受是他为人比较亲切。因为同行的关系，我们在工作上交流比较深，我介绍了世界文化遗产苏州古典园林的价值，介绍了我们是怎样工作的。同时也对霍华德城堡，克里斯先生所做的工作有了一些了解。

交流过程当中我们对未来双方的合作都有一种期盼、一种设想，不仅有人才交流，还决定在拙政园举办名为"当东方园林邂逅西方的城堡"的一个图片展活动。我们双方为此一同进行了相当长时间的筹备。很遗憾，他由于身体原因提前回国了，错过了图片展的开展，但是约克市市长为我们举行了开展仪式。

2019年2月，我们在苏州市政府的组织下，专程赴约克霍华德城堡，进行工作上的交流。

两次相处，时间不长，但是克里斯专业、渊博的知识，对文化遗产保护的特长，我还是很钦佩的。他对所从事的工作以及未来的畅想，我也非常有同感，可以说是知音相遇，有一种相见恨晚的感觉。

我们从事同样的工作，都在守护着我们引以为豪的文化遗产。虽然交流的次数不多，见面只有两次，但是每一次我们都有很深入的交流。

不仅有共通的体会，还有共同的期盼，期盼我们在相互交流中，对彼此热爱的事业能够有更多的深层次收获。所以我们对围绕双方开展的研究、交流还是非常感兴趣的。

问：作为同行，能谈谈您眼中的

克里斯博士吗？他给您留下了怎样的印象？

薛志坚：同行之间的文化交流，互相致以远方的问候，让我感觉很温馨。我们俩都不属于管理型人才，都属于偏技术型的。我深爱我的这份事业，如同克里斯先生在城堡工作几十年，用这几十年的光阴推进一个文保方面的工作，我是非常钦佩的。

我第一份工作就是在园林，到今天为止，我工作了 20 多年，所以日积月累之下的体会，也让我们对文化遗产的历史价值、分量有了更深的体会。

克里斯给我的第一印象，是他在谈吐之中体现了学者的风度。他在第二次见面的时候，拿出很多拙政园的照片，分享了他对拙政园研究的理解，我很感动。我们的共同点就是对这个事业的热爱。

可以说，对霍华德城堡的热情守护已经融入克里斯的骨子里面，他是在用生命延展着这个文化遗产的使命，他们有限的人员队伍在做着大量的研究保护和传播的工作。这是一个标准的文化遗产守护者的形象。

我们在霍华德城堡时，克里斯先生为我们展示了专门留出的一块空地，他们准备在这个地方建一座中式的苏州园林。当时我感觉很震撼，因为今天建一座园林很不容易，但是他有这样的决心。建设这样一个园林项目，让我们从隔空对话变成了现实的比邻，这一点我觉得是个了不起的创举。

如果在未来能建起这样一个园林，对我们双方借鉴彼此的文化遗产价值特质，以及更好地守护我们珍贵的文化遗产，是非常有作用的。

问：您怎么看待两个"园林"的合作？

薛志坚：有一点很抱歉，我们对西方的园林了解还很有限，我本人也是因为工作上有这样的联系才知道有这么一个霍华德城堡。

不管是苏州古典园林，还是西方城堡，不管是拙政园，还是霍华德城堡，从功能上来讲，它们都是供人居住的环境。

苏州的园林，体现的是天人合一的生活理念，霍华德城堡也是这样，它们都把我们对自然、对更好生活品质的要求，通过主观的再造，服务于日常生活，并且在充分体现出艺术之美外，体现自然之趣。

一句话讲，它们都是生活艺术的体现，也是艺术生活的化身。

当然，中外的差异也很多。不同的文化氛围、文化环境、文化价值，我们的审美也有差异，但相同的是我们对美的追求。

如果仅就这两个园林来说，最大的差异我觉得是：拙政园是在一个有限的城市空间，营造一个尽可能无限的自然。而霍华德城堡则是在一个非常广袤的物理空间下，将所有的条件进行规整式的设计，把西方的轴对称之美表现在了他们的庄园生活上。

所以苏州的拙政园，它各式的建

筑是不对称的,而霍华德城堡,无论是绿化、布局,首先突出的就是轴线对称,几何布局。

但是在文物保护的方式上,霍华德城堡还是给了我一些启示。我们的苏州园林今天是让大家去游赏的,是观看的。而在霍华德城堡,我们参观时可以看到壁炉在燃烧,在使用。不仅能看,还有切实的功能。

我觉得从这一点来讲,它的生活气息与我们不同,或者生命气息不一样。我们的园林是动态的园林,但是我们是在静态地展示,霍华德城堡是一个几何静态的园林,但是它依然在动态使用中。

这样的差异,本身就有巨大的合作借鉴、参考讨论的空间。

延伸阅读

西方园林的造园艺术,力求体现出严谨的理性,一丝不苟地按照纯粹的几何结构和数学关系发展。西方园林艺术提出"完整、和谐、鲜明"三要素。西方园林也有很多地域性特点。其中欧式园林就分为很多不同的风格,意大利、法国、英国的造园艺术是西方园林艺术的典型代表。

意大利园林——独特的地台园特点:台地式园林、尊贵;

法国园林——规整园林特点:几何造型、构图严谨;

英国园林——自然风景画特点:强调自然。

问: 能描述一下您服务了 35 年的霍华德城堡吗?

克里斯·里奇韦: 霍华德是一个非常大且庄严的城堡,位于北约克郡东北方向约 15 英里处。霍华德家族于 1699 年建造了它,最初的建筑师是著名的约翰爵士和他的同事尼古拉斯·霍克斯莫尔。

霍华德家族从 1699 年起就住在这里,今天继续经营着以庄园为核心的乡村产业,包括农业、林业,还有一个大型旅游景点。

霍华德城堡不仅因为建筑闻名,它还有丰富、广阔的土地,整个庄园占地 9000 英亩,包括林地、农田、湖泊、花园和公园。1732 年,一位早期参观霍华德城堡的游客说得好：这花园的最大特点是——它不是一个单一的花园，它具有多样性，就像同时穿过 10 个不同的花园。

城堡中央的巨大圆顶也是它闻名的原因，这是英国第一个有这么大圆顶的私人住宅。城堡西南方有带围墙的花园，包括玫瑰园和一间可爱的房子。东边的雷伍德，作为一片神奇的林地非常特别，从历史上看，它在 18 世纪早期非常重要。电影《故园伴娘》（*Brideshead Revisited*）曾在这里拍摄，1981 年在英国电视台播出。

这些共同组成了霍华德城堡的独特之处。

我喜欢花时间在操场上散步，对我来说，最令人兴奋的体验是远眺霍华德山脉的广阔无垠，你可以看到远处的纪念碑、陵墓、金字塔、神庙。这是霍华德城堡的一大特色。

平均而言，每年有 25 万人来参观霍华德城堡，欣赏这里的景色和房子本身，以及参加我们举办的各种专题活动。25 万人是一个很大的数字，但我们希望把这个数字增加到 30 万或 35 万人，这可能是我们接纳游客的最大值。

延伸阅读

如今的霍华德城堡是历代修缮和增建的结果，开阔的英国式园林在主楼前展开，主楼外立面的砖砌痕迹清晰，拱形的窗户布满整齐细密的窗棂，与砖痕的风格统一。巨大的拱形壁龛内设有精美的雕像，与檐顶一起体现了巴洛克风格。顶部的巨大穹顶为建筑增添了非凡的气势，侧楼通过拱券结构的曲面自然延伸，线条流畅。精致的意大利式花园在主楼的后面，整座建筑完全被融入人工美化的自然之中。入口大厅华美异常，立柱、拱顶、雕饰、绘画、小礼拜堂中的彩色玻璃的组合下，只要晴天光线从高窗射入，内部便流光溢彩。

问：第一次见到薛志坚是什么时候？在交流中他给您留下了怎样的印象？

克里斯·里奇韦：2018 年，我第一次见到薛志坚是在苏州。第一次见面，我们就讨论了霍华德城堡和拙政园建立联系的问题。2019 年 2 月，薛主任和苏州代表团来到霍华德城堡，我再次见到他，我很荣幸能为他亲自介绍这座庄园，延续我们之前的讨论。

他是个很有魅力的人，我们性情相投，谈得来。谈话很有趣，谈出了很多好主意。

薛主任和我在很多事情上都有相似的观点，尤其是在保护园林的必要性上。保护这一历史遗产，以及让公众接触到它们的重要性，是不言而喻的。

我们都对我们工作的地方充满热情，让观众理解它们，享受参观这些花园的乐趣是我们重要的工作。这些都是我们的共同之处。

问：从园林领域的专业角度，您怎么看霍华德城堡与拙政园的异同？

克里斯·里奇韦：其实它们有很多相同点。我认为最明显的一点是对远景的运用。这可以被称为"借景"。因为你所看到的特征超出了你自己花园的范围。例如，在拙政园，你可以看到城市中的一座寺庙。这就是所谓的借景。

在霍华德城堡，如果你站在北面，你可以远远地看到北约克郡的荒野。它们并不属于庄园，但它们是你从那个特殊的视角所能看到的全方位全景的一部分。

除了这些宏观视角，还有很多特写视角，霍华德城堡花园里的石头上有一些微型雕刻，细节非常小。它们在那些宏大景象光谱的另一端。所以我认为这两个花园在广角和特写上都有共同的趣味。

当然，霍华德城堡显然是一个没有围墙的花园。在苏州，园林被围墙包围着。这和它们周围的环境有关。

还有，在这两个花园中，水都扮演着非常重要的角色，尤其是在拙政园，因为水具有反射性，可以扩大你所处的空间——水可以捕捉天空，它在垂直意义上指向天堂和无限。

水可以提供特殊种类植物的栽培环境，为鸭子或天鹅之类的野生动物提供栖息之地。霍华德城堡的水也起到了类似的作用，它们位于房子周围的某些有利位置。房子倒映在南北的湖泊上，有一连串的喷泉和瀑布，具有奇妙的声学特性，水花飞溅的声音令人心旷神怡。

我认为园林工作最大的乐趣之一就是它们是一种通用的语言。所有的园林都受四季的约束。因此，每个园林在一年中都会经历四次变化。它们可能有不同的种植方式，可能有不同的风格，但一些园林设计的基本词语是通用的。

比如适应景观的方式，景观的轮廓，通过平地或上升或下降的地面来调整游客体验的方式，隐藏或揭示设计艺术性和独创性的方法。这些都很容易互相理解。

你是在一个自然主义的花园中还是在一个非常规整的几何花园中？事实上，一个自然主义的花园通常和一个几何式的花园一样是精心设计的，但是自然主义风格喜欢隐藏。在 18 世纪，尤其是在英格兰，隐藏艺术的想法是非常重要的。

延伸阅读

英式园林有着独特的围墙设计，被称为"暗墙"或"哈哈墙"，最初由英国造园家布里奇曼创作，实际上是一条深沟，园林一侧的沟壁是高耸的垂直面，由典型的砖石挡土墙构成；外侧则是缓坡。这样做的优势在于从园林内向外望去，景色不会被人工构造物阻隔，内外景色连为一体。同时又防止羊群或野生动物随意进出。

实用性强、景观效果好的哈哈墙在英式园林，尤其是皇家园林中应用广泛。但由于存在

一定的安全隐患，近年来已经有部分哈哈墙被填平。不过作为园林设计元素，哈哈墙并未消亡，通过设计师的精心构思，仍充满活力。例如美国华盛顿纪念碑下的哈哈墙，它里面装有照明装置，还可以作为座椅使用。既减少了安全隐患，又增加了实用功能。

问： 您为什么想在霍华德城堡修建中式园林？这种组合式花园您希望用它做什么？

克里斯·里奇韦: 在霍华德城堡建造中式园林的想法有多种形式和目标。我认为它借鉴了英国长期以来对中式园林设计的兴趣，这种兴趣可以追溯到 18 世纪，甚至在 18 世纪早期的霍华德城堡中也很明显。

一个有围墙的花园，4500 平方米的面积，对我们来说，为了吸引越来越多的中国游客，还有什么比在这个地区建一个中国风格的园林更好的方式呢？这对英国、中国和其他游客来说都充满吸引力。

当然，这必须以一种非常具体的方式来阐述。我们非常清楚，这不应当仅是一个进口的中国花园，不能与霍华德城堡的丰富历史及其花园景观相悖。

这个花园应该能够与霍华德城堡现有的景观进行对话。为了达到这个目的，它不会是一个历史园林的再创造，它是一个新的园林，它将融合传统的英国和中国的花园，增强人们对霍华德城堡更广阔景观的理解，同时也展示了我们与拙政园的关系。

所以对我们来说，需要做的事还有很多。比如，园林需要融入水、融入雕塑，这是指中国园林中一种常见的元素——石雕。还应该有亭子或屋舍，可以作为一个社交中心，供人们相聚。

还需要种植适合约克郡的植物，用简单的维护体现最好的效果。

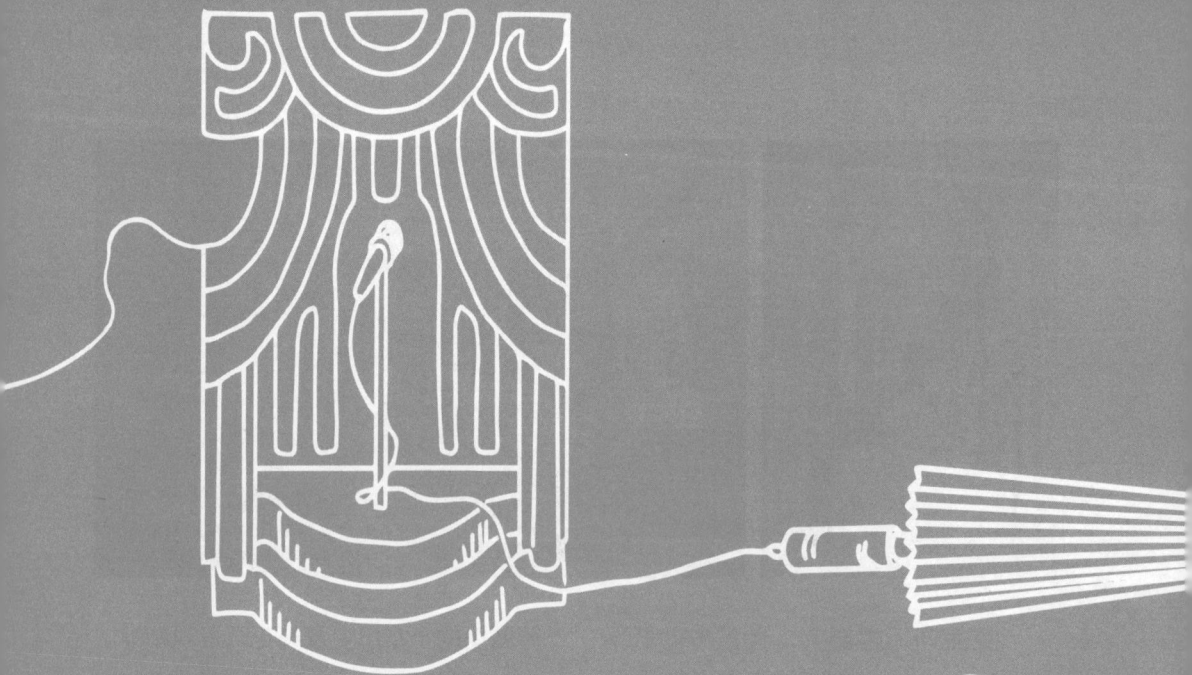

美洲

这个骑友不一般

关键词

乡村振兴　乡村旅游
骑行运动　山地车公园

写在前面的话

　　无人涉足的荒径杂草丛生，没有修整的野路危险重重。测绘、开路、设计难度，试骑、修改、力求完美。来自中国和加拿大的两位年轻人，基于对极限运动的热爱，决定为车友们创造一座安全又有趣的乐园。四年来，两人将全部精神贯注在山地世界里，并结下了深厚的友谊。他们有过绝望，想过放弃，但年轻的梦终成现实。

　　从代步到运动，自行车的功能进化正是中国社会全方位进步的一个缩影，这个进程是开放而包容的，它吸引着全世界的人才，也是中国不断走向全球化的见证。

人物简介

基思·威廉姆斯（Keith Williams）：
加拿大人，具有丰富国际山地车公园骑行经
验的赛道设计师。

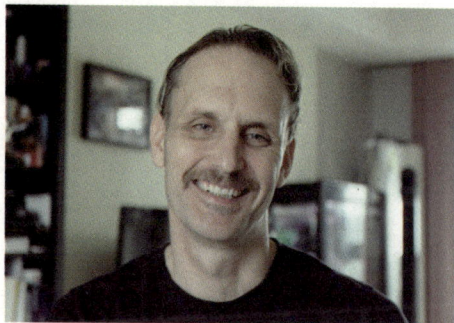

丁再刚（Ding Zaigang）： 湖南人，
中国山地自由骑实力派明星车手，赛道设
计师。

相遇的故事

乾潭镇下包村，距杭州市区只有一个多小时的车程。与拥有 2100 万人口的大都市相比，这个只有 2000 人的小山村，在山地自行车爱好者的眼中却是无比"热闹"。

下包村希望通过乡村旅游带动当地经济，打造出一个运动休闲小镇。

于是在 2015 年，业内知名的山地车骑手丁再刚和具有丰富赛道设计经验的加拿大骑手基思被邀请来设计自行车赛道。两人被这个美丽、安静的小村落深深吸引，决定在此构思一个令世人惊艳的山地车运动公园。

从最初依赖翻译软件进行磕磕绊绊的交流到之后流利的日常沟通，四年间，"这个很高的老外"和"这个安静又冷静的中国小伙儿"一起用肩膀背过柴油，从荒山中开辟出一条条道路。他们遇到过塌方，也被大雨摧毁过劳动成果，无数次地改稿、试骑，不断调整路线，只希望更多骑手能够感受到山地车的魅力。时间飞逝，运动休闲小镇逐渐形成规模，志同道合的他们也最终创造出一个四季都可以骑行的世界级山地车运动公园。

问答录

问： 作为一个外国人，您是怎么与中国的速降山地车项目结缘的？

基思·威廉姆斯： 我骑山地自行车大概 18 年了。我喜欢速度，它很刺激，还有一点危险，这让它变得有趣。我过去经常做下坡滑雪和单板滑雪的运动，它们也是山地运动，你可以滑得很快，我认为这些都非常令人兴奋。

在来中国之前，我在加拿大和德国参与山地自行车线路的设计。比如在德累斯顿，那里周围有很多山，我们做了很多路线，坡道、跳跃和非正式的下坡线。来到中国后，我参与过建设上海南部的一个小的山地车线路。

与这里相比，那里很小。

直到 2015 年的秋天，我被邀请加入这里。这是一个很小的乡村，人们非常热情、友善。整个地区非常原始、美丽、安静、随和。看到这里的第一眼，我就想："为什么我们不建一个速降山地自行车公园呢？"

社区和当地政府的支持非常重要，他们的积极支持给了我很多信心去做这个项目。

山地自行车在中国是一项新兴的运动。十年前当我跟人谈山地自行车，他们不会太理解。在大多数人看来自行车是交通工具，是为那些买不起电动车，或者不需要出租车的人们做短途出行准备的。

但现在，中国有越来越多人开始从事山地自行车之类的运动。如果你去过加拿大、美国或欧洲真正的山地自行车公园，你会对我们在勇峰上建造的线路非常熟悉。它们非常流畅，而且在中国经济繁荣的都市不远处，就如此具有乡村气息，充满美好的、田园的、随和的、悠闲的氛围。

延伸阅读

速降山地车，自行车运动项目之一，是骑速降自行车从山上冲下来的极限运动。较少蹬车，将快、慢技术组合，是以技巧性为主的运动。专业的速降赛道必须有 3% 为铺设的路面（如沥青、水泥等），其余全部是下坡骑行路段，由单人道、跳跃、慢地段、田野、森林道和砾石道混合组成。比赛时采用个人计时赛的方式，以成绩优劣排列名次。

问：谈谈你和丁再刚的交往？

基思·威廉姆斯：我只会一点点汉语，刚结识的那阵儿丁的英语也不大行……我们花了大量的时间在手机上翻译。但我认为，我们之间的交流真正起作用的不是语言，无论是英语还是汉语。而是因为我们了解自行车、了解高山、了解地形，我们对如何建造线路有一些坚实的、共同的想法。

我们互相展示最初的图纸，通过卫星地图画线，算出我们想要的东西，然后我们试骑。随着时间的推移，丁

的英语比我的中文进步快得多。一段时间之后，我们交谈就容易多了。

总的来说，自行车就是我们共同的语言。

我最初的角色是首席设计师，而丁负责落实。所以我们会一起徒步勘查，画草图，找路线。当我回上海的时候丁负责监督，然后我们再试骑，丁负责监督下一阶段。开始时是我在带领他，但一年以后，我告诉他："你的想法都可行。"我对他百分之百信任，他比我更了解这座山。

丁是一个非常安静的人，他非常冷静和放松，从不会激动、生气或沮丧。无论是在徒步上山的艰难时刻，还是在大雨阻挡我们工作时，他从未气馁。和他相处很轻松，我们很快就是朋友了。

问：建设过程中遇到的困难多吗？

基思·威廉姆斯：是的。这座山太陡峭了，在上面规划路线非常困难，因为太陡，使得建造步道也变得非常困难。所以不管你怎么建小路，刚开始的时候都会觉得有点疯狂。

这里的土是一种能储存大量水分的黏土，而且这里的山很陡，有很多碎石，这意味着你要非常担心下雨。所以，当我们建造步道的时候，真正要担心的是水和山体滑坡之类的事情，这让施工变得更加困难。

问：听说你最早不是专业做骑手或赛道设计师的，怎么就一心扑在这个事业上了呢？

丁再刚：因为我出生在大山里面嘛，所以对山就会有一种敬畏的感觉。

我以前在广东工作时，是在办公室工作，其实挺无聊的。周末我就想去找一些娱乐放松的运动，偶然的机会接触到山地自行车，就一发不可收拾地喜欢上了。从2012年到现在（2019年）也有7年了。

2015年，一个供应商听说我喜欢规划这些路线，他觉得我的规划挺适合他想要的那种公园的风格和感觉，就有意找到我。第一次到浙江去考察时，我就决定要做这个项目了。

当然这也是有代价的。需要离开自己工作和生活过很长时间的地方，放弃原来的朋友、人脉圈，到另一个地方重新开始，需要勇气。好在大家还都挺支持我的。

我在玩自行车的运动当中发现，为什么这个运动在国外发展得这么好、在中国发展得这么慢呢？我觉得缺少"一硬一软"。

硬件就是场地。

为什么国外跟国内的差距这么大？就是因为国内没有好的场地给大家练习，那样大家就无法提升水平。

软件指的是教学。

没有人来教你怎样提升这方面的技巧。

而我恰恰就比较喜欢去研究怎样修建路线能够提高技巧，怎么练习能够提高技巧，然后再传授给大家。

以前我都是跟自己的小伙伴手工去挖一挖，工程量很小，能够做的事情也很少。当我知道有这个平台时，我就想放弃那边的所有一切，不顾一切地来做这件事情。

问：谈谈你和基思的相识，他给你留下了怎样的印象？

丁再刚：第一见他是在 2015 年 11 月，我也是第一次到浙江，我们一起进入这个场地。第一眼就觉得："哇，这个外国人好高啊。"

虽然他在中国工作了七八年，但是他的中文很差，就跟我的英文很差一样。一开始的沟通其实很困难，好在智能手机特别发达，我们下载了一个翻译软件。先写成字，然后翻译给他看，但是有时候翻译得也不太靠谱（笑）。尽量简短地表达是个办法，学着说那些词，这个过程特别有趣。

因为这个自行车运动就是从国外传进来的，我也经常去看一些国外的资料、视频、照片，有些词大概也都知道，互相交流就很容易心领神会了。

他为人特别好，我们在一起的时候都会觉得特别开心。平时通过微信经常聊天、沟通。我们之间的感情还是挺深的。和他在一起不需要那么客套、不需要那么多礼尚往来。但是我们彼此想起大家的时候，就算很久没有见面，聚在一起时也一样可以很开心。

他赛道设计的想法比较大胆、比较疯狂，希望增加难度系数。我的想法却会综合考虑中国玩家的整体水平，尽量做到简单、安全，让大家能够更安全地玩。尽量能够完美一点。

从我自己的技术水平来说，当然是希望做一些疯狂的事情，这对我的技术的长进是更好的。但是对整个自行车运动的发展来说，我更喜欢做一些简单的东西，让更多人能参与进来，能够让大家体验到其中的乐趣，然后能够进阶，喜欢这项运动。

问：和基思一同工作的状态是什么样子的？建设过程中有很艰难的时刻吗？

丁再刚：基思是一个规划者，开始动工之前我们一起把场地的规划做出来，就是具体要走哪里、怎样走线。

我主要的任务就是场地的修建、路线的规划、具体的走线。

但在修建的过程中，因为地形或者是土质的原因，肯定会做一些调整。我负责做这些调整的工作，一直落地到完成场地的成形。因为基思在上海有自己的工作，没有时间到场实地操作。我就会发很多照片、视频给他看，征询他的意见再做调整。

一开始，我大部分是听取他的意见。但后期具体施工时，实际上是我在做决策，通过以前讨论的经验按照以前的方向走。

困难是有的。在修建的过程中用挖掘机作业，难免遇到塌方、土质差、石头多等情况。这里以前就是一个荒山，什么都没有，是我们重新开出来一条路。甚至挖掘机的柴油，都是我们用肩膀一桶一桶地扛到山上去。

特别累的时候也绝望，会想自己为什么会选择做这份工作？但是因为自己的确喜欢并且热爱这项运动，最后再困难也坚持下来了。

坚持开发路线，坚持不停地去试骑，发现不对再修改，改到自己满意

为止。

越到后面，经验越丰富，就可以在第一次修建的时候，根据自己的经验把它做到最好。

问：谈谈这项运动，谈谈你们这个"圈子"。

丁再刚：山地自行车毕竟是极限运动，也有一定危险性。但我建造的场地我一定无数次地去骑行，去"飞"，确保它的安全性。当然在开始试骑的时候也很紧张，但我不鲁莽，这个运动需要勇气和细心。在不断尝试的过程中，虽然面临一定的风险，但总能突破自己的极限。这也是它的魅力吧。

自行车圈子不大，具体到速降我想全国也就几万人吧。随着生活水平

的提高，人们会对有一定激情的运动项目感兴趣。从国外的发展来看，也是人均收入到达一定水平，人们才会开始热衷于这项运动，这是正常的。对人口规模庞大的中国来说，这个前景是非常值得期待的。

我现在在做的 Pump track，就是一种基本功练习的场地。这种场地现在特别流行，因为是基础场地，很多小孩子也可以骑。儿童自行车俱乐部越来越多，对这种场地的需求也越来越多。对我来说这是一个机遇，会有更多机会去修建这种场地。

延伸阅读

Pump track 场地，中文译为泵道、波浪道、抬压道，有土坡的，也有硬地的（沥青、水泥、木头、钢板等）。这种场地促进了儿童平衡车和山地自行车两项运动的开展。山地自行车车手可在场地内进行"抬压"的动作，借助身体重心的变化以及波浪形场地上下翻飞。这种玩法对山地车的基本操控技巧有一定的促进作用。

情定茶乡

关键词

云南茶园　乡村振兴
跨国情缘　传统文化

写在前面的话

　　一杯定情茶，一段跨国缘。爱由茶起，少数民族村落迎来洋女婿；业由茶兴，古老饮品跨越太平洋。爱情是火热而甜蜜的，但婚姻生活需要像茶一样，从微苦到回甘，从辛勤的劳动到丰厚的回报。

　　相爱没有国界，但文化必须有根。只有积淀深厚的文化，才能在世界范围内进行富有生命力的传播。茶，从中国西南边陲的提神之物最终成为一种举世瞩目的文化，融入世界人民的日常生活之中。

　　"琴棋书画诗酒花，柴米油盐酱醋茶。"茶叶从茶马古道开始走南闯北，连贯中西，是"东方神水"，也是人间百味。

人物简介

布莱恩·柯比斯（Brian Kirbis）：美
国人，人类学家。

苏玉亩（Su Yumu）：云南布朗族，
茶园经营者。

相遇的故事

2012 年，美国人类学家布莱恩·柯比斯前往中国进行学术调研，他当时的课题是"植物与人的关系"。他来到云南景迈山附近，据说这里是茶的起源地。世代生活在这里的布朗

族，被广泛认为是最早栽培古茶树和消费茶叶的民族。古老的茶园生长在森林树冠下，个别茶树的树龄甚至超过1000岁，这一切让布莱恩非常感兴趣。

苏玉亩的父亲是村庄中的医生，也是布莱恩拜访的对象之一。两人第一次相遇是在一个下午，苏玉亩很懂泡茶，布莱恩对她"美丽的眼睛"印象深刻，两人相谈甚欢。布莱恩非常聪明，很快就能和苏玉亩讨论起他在中国学过的制茶方法。在以后的日子里，苏玉亩教他炒茶、教他揉捻。不知不觉中两人互生情愫，并在这超过1500年历史的村落中举行了传统而盛大的婚礼，并决定携手一同推广博大精深的茶文化，向世界展示景迈山这个"世界上很少有人真正了解的地方"。茶园从一片到漫山成片，村庄也从土房到户户楼房，茶叶经济让当地村民的生活越来越好。现在，夫妻二人每年都会推出一款亲手制作的布朗新茶销往海内外，茶如人生，他们的爱情也在时光的酝酿中历久弥新，越发醇厚。

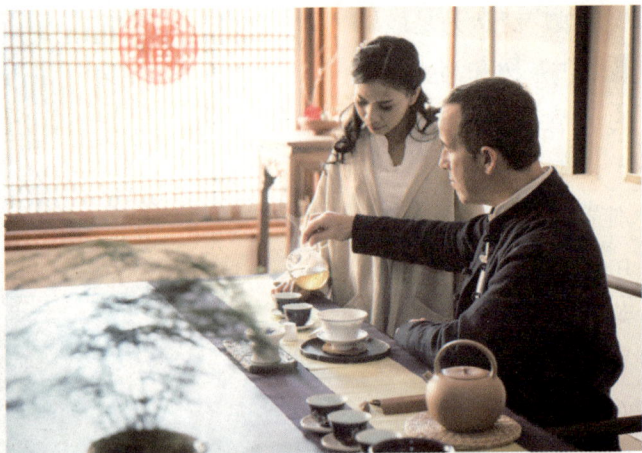

访谈录

问： 简单谈谈您和您先生从相识相爱到走进婚姻殿堂的过程，好吗？

苏玉苗： 我跟我先生走到一起是因为茶。茶文化本来就是中国的传统文化，它体现了一种人跟大自然的联系，它能拉近人们之间的关系，不管是国内的还是国外的。老柯第一次来景迈山是在 2012 年，他本来是做人类学研究的，专门研究我们布朗族的文化，与我们布朗族头人苏国文老师相识。我们家和苏国文老师是亲戚，他就认识了我爸爸。我爸爸是医生，通过我爸爸他就能了解更多布朗族与植物相关的东西。我们还是因为茶结缘的。

他是外国人，其实我对跨国恋情没有特别的想法，因为我觉得都是一个地球上的人，没什么区别。我们见面的时候他对茶叶了解得已经很深了，但还不怎么懂得制作茶，这个部分是我教他的。我教他炒茶、教他揉捻。有时候我觉得他已经做得很好了，但他对自己要求很高，一定要把茶做好，反复试。2017 年我们结婚的那年，我说我给你做的茶打 80 分，他很高兴，觉得自己的努力没有白费。

那次他带我去西双版纳见他在中国认下的干爹。干爹就说我们两个非常适合，可以做一对情侣，然后就给我们拴线。布朗族结婚的时候会拴线，就是用酒倒在我们两个人的手上，念经文，干爹希望我们两个能在一起。当时我先生对我特别好，现在也对我很好，我觉得跟他在一起的话应该会很开心，我就答应跟他在一起了。

我们是在 2017 年 2 月结婚的，我们的婚礼是一个比较隆重的、非常传统的婚礼。婚礼上的每一道菜都有它的含义，比如豆芽代表我们要迎接新的生活，瓜就是种瓜得瓜的意思。

在婚礼上也会用到茶。我们拴线的时候在桌子上会有两只鸡和两包茶叶，还有两根蜡烛、两瓶白酒。桌子的边上会有两棵芭蕉树、两颗甘蔗，每样一对。

婚礼比较隆重。他的朋友很多，我们这边请的亲人和朋友也很多。那天宴席大概是从五点一直吃到十点，因为人太多了。

我先生，我习惯叫他老柯。老柯尽全力和他的朋友一起宣传布朗族的茶文化，乃至中国茶文化。我们在国内外都做宣传。

茶，早在清代就是云南珍贵的贡品。时至今日，布朗族地区仍是"普洱茶""勐库茶"的主要原料产地。

延伸阅读

布朗族是一个拥有悠久历史的少数民族，民族语言为布朗语，属南亚语系孟高棉语族布朗语支，可分为布朗和阿瓦两大方言区，布朗族没有本民族的文字，但有着极为丰富的口头文化。至今仍然保留着具有鲜明特征的民族语言、服饰、歌舞等风俗习惯。布朗族主要分布在云南省西部及西南沿边地区。

茶叶是布朗族先民栽培的著名物产，布朗族所居之地多为云南今日盛产茶叶之乡，是云南"大叶种茶叶"的主产区。闻名遐迩的普洱

问：茶对布朗族人有什么特殊的意义？你如何看待如今茶文化的传播与茶经济的发展？

苏玉亩：传说中古时候，我们的祖先在生活、打仗的过程中会有伤病及其他身体不适。有位族人病倒在一棵树的旁边，刚好采了一片树叶放在嘴里面含着，慢慢地就睡着了。他睡

醒之后，发现全身有力气了，人也精神了。这就是最早发现的茶树。

我们族人来到景迈山之后，开始种茶、制茶，发展茶叶，从一片到漫山成片，就这样一直种茶到现在，大概有 1000 多年的历史了。

茶对我们民族很重要，因为我们之前认为茶是一种药，可以治病。上山采茶的时候、干活的时候，不用带着菜去，带着饭直接采了茶叶蘸一点盐巴和辣椒，就这样吃。除了做药治病，当饭饱腹，茶还有社交属性，我们还会用茶供佛。

我们以茶为生，本来就是种茶的民族。对我们布朗族来说，茶是有灵魂的。比如我外婆家的一棵茶树被视为茶园的茶魂树。每年春天我们都会把这棵茶树的茶叶交到寺庙那边，让

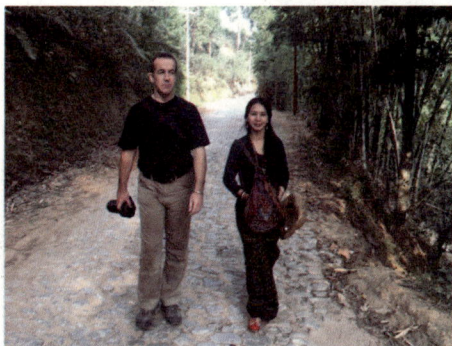

苏国文老师来制作茶魂。这棵树，就相当于这座茶园里的心脏。

每年第一次开采茶叶时我们就会来这里，磕个头，放一点米，放一点茶叶、糖果，放一根蜡烛，祭茶神、山神，相当于给大自然做一个供奉。

我爸爸从 2004 年开始做茶，我毕业之后就一直跟他学习制茶的工艺。我爸爸是跟我奶奶、我爷爷学习的，这是家族传承。

茶经济让我们这里发生了很大的变化，以前我们都是走路，没有摩托车、汽车、拖拉机、三轮车，其他什么都没有。路也不像现在这么好，以前的路都是很烂的土路，一到下雨的时候就走不了，因为泥太多了。

现在茶叶卖得好，家家户户都盖起了楼房，变化非常大。

我希望有更多人去认识茶，去了解茶，了解我们景迈山，了解我们布朗族，我想多多作宣传。

比如，我们有一个节日叫"桑刊节"，每年 4 月我们就会举行节日活动，这是一个茶祖节。我们会到那里去祭拜茶祖，呼唤茶魂。祖先给我们的遗训是：要是给我们留下牛马，遭灾害会死光；如果给我们留下金银珠宝就怕我们吃光用完；给我们留下了满山的茶叶，让我们的子孙取之不尽，用之不竭。

延伸阅读

布朗族的厚南节又称"桑刊节""宋坎节"，是布朗族盛大的年节，清明节后 7 日（阳历 4 月 13 日～15 日）举行庆祝活动。节日里的主要活动是相互泼水以迎接太阳，所以人们把这个节日称之为迎接太阳的节日。

问：现在的生活怎么样？事业顺利吗？

愿意的。我发现外面的世界很精彩，多出去看看，多交点朋友，可以丰富人生。

老柯说，如果我们两个没有遇见的话，他可能不会结婚，就这样单身，一直做自己的研究。

我们的茶叶在往国外销售，但是我们在布朗山居住。现在我们的网站还在建设，这是与外界沟通的窗口。网站上可以看到老柯写的文章，他对人类学的研究、茶叶的文化历史、我

苏玉苗：老柯对我很好。我比较喜欢摄影，他会买相机让我玩。他非常支持我，买了很多专业的相机和镜头等专业设备让我学习，让我做我自己喜欢的事情，只要我开心，他都会

们的地理位置，各个方面都能了解到。老柯的文章写得非常好，他做了好几年，慢慢地一点一点地在做，他跟很多商人不一样。

问： 您是怎么对中国的茶产生兴趣的呢？

布莱恩·柯比斯： 2004年我第一次来中国，那是大学暑假期间，那时我只是被动地喝喝茶，基本没有过多关注茶文化。真正的兴趣产生于一次人类学课程，我要做一个以茶为主题的调查，那时我关注植物与人的关系和生态农林业，在湖南和中国的西南部做调研。

于是我来到了云南西双版纳，来到茶的起源地，研究人与茶的关系、研究植物与人的关系、研究饮茶习惯的早期进化。这个有山地部落的村庄，他们有1500年到1700年的历史，有几百年的古老茶园生长在森林树冠下。个别茶树的树龄有700年至800年，甚至超过1000年。这是一个神奇的地方，世界上很少有人真正了解它。

布朗族被广泛认为是最早种植和消费茶叶的人。他们有一个关于茶的起源神话。他们有关于茶的故事和歌曲，他们的生活以茶种植为基础，他们与茶之间是一种不可分割的关系，这也说明了植物和人类之间的潜在关系。

延伸阅读

史学界一般认为布朗族源自古老的"百濮"族群，包括今天的布朗、佤、德昂等民族。在历史上，百濮民族曾经南迁，在中南半岛建立了以吴哥窟为代表的旷世文明。与这些远出国门的祖先相反，留在国内的布朗、德昂等族，直至民国时期仍身处密林，在方圆1000多平方公里的布朗山中日出而作、日落而息，始终不曾离开云南。也许正是由于这千年的隐居，布朗山民们才能与大自然息息相通。在这里，他们食百草、尝百味，将无数大自然的馈赠收入自己的杯盏之中，满山的奇珍化成强健体魄的营养，其中茶叶便是被布朗山民最早驯化、种植和享用的。

在德昂族的传世古歌《达古达愣格莱标》中，人们唱道："天地混沌未开，大地一片荒漠。天上有一棵茶树，愿意到地上生长。大风吹下一百〇二片茶叶，一百〇二片茶在大风中

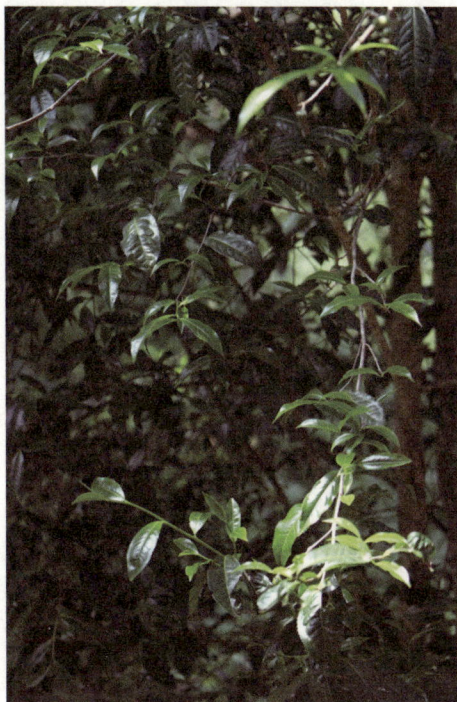

德昂族之歌和布朗族神话，都把茶和祖先连在一起，足以说明他们种茶饮茶的历史非常久远。国内学者考证，布朗山种茶的历史，可以追溯到4000多年前，人类消耗的第一片茶叶，就是当地居民的祖先摘下来的。

问： 能谈谈您和夫人的相识吗？

布莱恩·柯比斯： 我的人类学的研究主要集中在两个领域：一个是生态人类学，一个是医学人类学。正如我提到的，我一直对人类健康进化和植物与人类的关系很感兴趣。于是我被引荐结识了苏医生，我们聊天喝茶，茶通常是由他的女儿苏玉亩泡制的。茶是这个故事的核心。

变化，单数叶变成五十一个精悍小伙，双数化为二十五对半美丽姑娘……"同样的传说，也出现在布朗人的神话中：布朗人世代相传，自己民族的始祖名叫叭岩冷，叭岩冷在临终前对子孙们留下遗言："我留牛马给你们，怕它们遇到灾难就死掉；我留金银财宝给你们，怕它们不够你们用；我留茶叶给你们，子子孙孙用不尽。"于是，叭岩冷在众山之上撒播茶种，茶种纷纷入土生根发芽，茂盛繁衍，这才给后世留下了不竭的财富。

　　她喜欢拍照，喜欢上传她的村庄和茶的照片。她用一种非常美丽的方式看待世界。我们喝茶的时候交换了微信。我感觉与她相处非常自然融洽，感觉很自在。

　　我从没想过有一天我们会结婚，而它以我们不知道的方式发生着，我们在不知不觉中走到了一起。最后是我的布朗族教父促成了我俩的婚事。

　　那是一次旅行，我的布朗族教父站起来发表了演讲，他握住我们的手，把我们的手放在彼此的手上，在我们的手腕上绑上红绳，然后祈祷，按传统习俗把我们"绑"起来，所以我们那时非正式地订婚了。

　　事实上我们互相都有爱意，但都很害羞，我的教父表达了我们还没对对方说的话。

　　后来的婚礼是根据当地的习俗精心策划的。婚宴上的水稻是自家稻田里种植的，肉和家禽也是家人养的，蔬菜是自家种植的，酒是自家生产的谷物发酵的。这完全体现了这个村庄的富裕和美丽，以及这个家庭的承诺。这样的经历让我非常感动。

问： 你们的茶叶产业经营得如何？这些年待在中国的感受如何？

布莱恩·柯比斯： 今天，玉苗和我都是茶农。我有一个名叫"苏菲茶"的品牌，我在中国和美国各地旅行，在私人场所、植物园、大学和茶馆谈论茶和泡茶，在各地分享和推广茶叶。在她村子的土地上，在茶叶收获的季节，我们每天都在工作。

茶叶加工是一项工作量巨大的工作，村民们有句俗语，用一个月的劳动来换一年的收入。我们结婚后，几乎每天早上5点半起床，每天晚上12点半，甚至一两点才睡觉。我们从早到晚，肩并肩一起工作。我曾在美国从事环境和生态修复工作，习惯了体力劳动。

我的制茶老师曾说，真正的艺术是能够创造出你想要创造的茶的类型，而不只是简单地去创造产品。我有意地去创造一种味道和一种香味。如果真的把你的心和意图投入到你想要创造的东西上，并让茶叶传达出你和植物之间的深厚关系，这是不容易的。在中国，我们有一个常用的表达方式："用心泡茶"。所以心灵和茶之间有一种很深的联系。

我们要在加州伯克利举办一场活动，从堆熟的普洱茶开始，用我和玉苗今年（注：2019年）生产的茶。我们要把茶文化带到伯克利。大湾区的茶文化正在蓬勃发展，它可能是美国茶文化最丰富的地区。我一直在尽我所能，努力推动茶文化的发展，试图加深人们对茶的理解，加深他们与茶的联系。

茶也在深刻地改变着玉苗的村庄，2006年和2012年的布朗村区别非常大。当我第一次来到布朗村时，他们是用黏土瓦片盖的木头房子，大多没有电和自来水。今天，大部分的房子已经被拆除，用现代材料重建，已经有很多现代化的东西。电线杆和电线穿过村庄。乡村的富裕和生活质量的提高给了村民极大的幸福感。

现代化让这里有了硬质路面的道路，去这些村庄不再需要几个小时的摩托车和步行，在雨季也不用走土路。茶经济的发展带来了很多好处。

中美友谊合奏曲

关键词

文化交流　音乐普及
国际演奏　改革开放

写在前面的话

　　在语言诞生之前，人类就拥有了音乐。作为最原始的情绪表达和信息载体，音乐的交流沟通超越地域、国家、民族、文化、意识形态。人们可以通过音乐了解彼此的内心，结识朋友，结下深厚的友谊。

　　一位中国大提琴演奏家和一位美国指挥家因为音乐，结下了兄弟般的友谊。对音乐共通的理念和表达方式，让他们从心底互相赞赏、互相应和。

　　文化交流本来的样子，就是从心而发的沟通，就是彼此心怀的善意。种下一粒温情的种子，就能收获沉甸甸的友谊麦穗，酿出甘甜的文明美酒。

人物简介

大卫·斯特恩（David Stern）：美国指挥家，耶鲁大学文学学士，朱莉亚音乐学院音乐硕士。现任巴黎烈火歌剧院创办人和音乐总监，上海巴洛克音乐节艺术顾问和首席指挥，美国佛罗里达州棕榈滩歌剧院首席指挥。

王健（Wang Jian）：出生于音乐世家，4 岁起随父亲学习大提琴。10 岁得到"小提琴教父"艾萨克·斯特恩的赏识，11 岁与上海交响乐团合作演奏了圣桑大提琴协奏曲，13 岁作为独奏演员赴美巡演大获好评，16 岁赴美国耶鲁大学学习，18 岁在纽约卡内基音乐厅和以色列耶路撒冷音乐中心举行了独奏音乐会。时至今日，已在世界 30 多个国家和地区的著名音乐厅举行音乐会，是闻名世界的大提琴家。

相遇的故事

大卫·斯特恩第一次到中国时只有 16 岁，那是 1979 年，正值中国改革开放初期，他随父亲——著名的小提琴演奏家艾萨克·斯特恩访华。在

三个星期的时间里，他的父亲举行音乐会、举办讲座，给中国学生即兴示范。在上外（现上海外国语大学）礼堂，一位名叫王健的天才少年给斯特恩父子留下了深刻印象："当他开始拉弓的时候，就有一种与他年龄不符的音乐感。那四五分钟是一段不可磨灭的记忆，多年后仍在我们脑海中回荡。"这次中国之行，被全程记录下来，后来这部纪录片《从毛泽东到莫扎特：艾萨克·斯特恩在中国》获得了 1981 年奥斯卡最佳纪录片奖。从那时起，天才少年开始崭露头角。

1986 年，王健跳过高中直接进入耶鲁大学学习音乐，在这里他和大卫再

次相遇，并成为挚友。初到美国的王健因为年纪小、语言不通，时常会感到害怕，大卫经常邀请王健到家中做客，非常关照他，他们就像亲兄弟一样相处。在从纽黑文到纽约曼哈顿的旅途中，两个人经常一起讨论音乐，聆听乐曲，这让王健觉得十分温馨、有安全感，大卫给了王健家庭般的温暖。他们第一次同台演出是应巴西的一位州长邀请，对方还派了私人小飞机接送，这样的时光让二人非常怀念。此后，只要有机会，"兄弟二人"就会携手同台演出。

如今，大卫早已是国际著名的指挥家，王健也成为世界顶级的大提琴家。

改革开放 40 多年来，中国城市不断变迁，古典音乐也随着城市的开放和发展渐渐融入人们的生活，流淌在普通人的心田。

访谈录

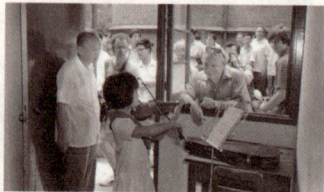

问: 可以谈谈您和大卫的相识吗?

王健: 其实第一次见到他时我没理他, 他也没理我。当时是 1979 年, 改革开放初期。他的父亲艾萨克·斯特恩受邀访问中国, 艾萨克·斯特恩是美国古典音乐举足轻重的人物, 他在西方音乐界非常有地位。他来访带了家人孩子, 其中就有大卫。

我被选上为他表演。表演的时候, 艾萨克·斯特恩要求摄像组把我的演出录下来。这对我来说挺突然的, 我也不敢停, 就一直拉下去。他们拍下的片段和其他素材组成了一个纪录片, 叫《从毛泽东到莫扎特》, 这个作品引起了轰动。当然那次我们算萍水相逢, 只是打了个照面。

大卫跟着他的父母一起访问, 当时他坐在他父亲旁边听我拉琴, 我们之间零交流。我那时候才 10 岁, 他十五六岁, 都很年轻。他的父亲是美国音乐界教父级的人物, 很多高我一辈的音乐家都是他父亲提携的。当时我给艾萨克·斯特恩留下了印象, 因此他也有意提拔我。

16 岁时, 我去美国耶鲁大学读书, 正好和大卫成了同学。我刚到美国, 他就来学校里找我, 说:“啊, 你终于到了。爸爸说周末带你到家里去。”

于是我就跟着他从纽黑文坐着火车到曼哈顿，他父亲给我上课，和我聊天，或者说一些音乐上的事情，从那一次开始，大卫经常带我去他家，像大哥哥一样照顾我、关心我。

他父亲有时候在家里开音乐会，都会让大卫带我去参加，或者一起来表演。大卫真的像亲哥哥一样对待我。

记得刚到美国，因为我英语不好，年纪也小，一个16岁的孩子出去还是有点害怕的，他在我身边一直关照我，给我带来很大的安全感。我读的是研究生，其他人年纪都比我大很多，所以那个时候对我来说确实挺难融入的。

那时候，美国孩子在家开party是要跳舞的，我一个人坐在那里不会跳，他就让他的女朋友，也就是他现在的太太把我拉过来，教我怎样跳舞，

这非常温馨，他们给了我家庭般的温暖。

成年以后我们两个人第一次同台专业演出是在巴西，是我在耶鲁大学熟识的巴西的一位州长邀请的，他派私人小飞机来接我们。那是一次很奇特的经历，一起演出的时光非常值得怀念。

延伸阅读

斯特恩家族是音乐世家。父亲艾萨克·斯特恩（Issac Stern）6 岁开始学习钢琴，后随旧金山交响乐团首席布林达 (N.Blinder) 学小提琴，17 岁在纽约市政厅举办独奏会，崭露头角。23 岁登上卡内基音乐厅的舞台，自此名声大噪。他活跃于世界各地，被认为是 20 世纪最重要的小提琴家之一，1987 年获得格莱美终身成就奖。他的演奏音色优美，表现力丰富，技巧精湛。斯特恩还因鼓励年轻音乐家而闻名，他一手提拔了伊扎克·帕尔曼（Itzhak Perlman）、马友友（Yo-Yo Ma）、朱可曼（Pinchas Zukerman）等后来的世界级大师。斯特恩自 1979 年以来多次前往中国访问演出，期间对当时还是学生的王健留下了深刻印象，

两人因此成为忘年交，多年来王健从他的教导中受益良多。

其长子迈克尔·斯特恩（Michael Stern），美国指挥家。1981 年毕业于哈佛大学，获得美国历史学学位。随后在世界上最著名的音乐学院之一柯蒂斯音乐学院（Curtis Institute of Music）学习，师从著名的指挥家、音乐教育家马克斯·鲁道夫 (Max Rudolf)，现任美国堪萨斯州城市交响乐团音乐总监，并担任该职位超过 20 年，致力推广美国当代作曲家的音乐。

其次子即本文中的大卫·斯特恩。现与妻子小提琴家卡塔琳娜·沃尔夫和两个女儿居住在巴黎。

问： 能简单谈谈您自己吗？

王健： 我从 4 岁开始正式学习大提琴。我爸爸就是拉大提琴的，他在上海一个人带我，一开始是闹着玩，他给我一个小提琴当玩具来消磨时光，后来才正式开始学习。

从我们古典音乐这个范畴讲，我这种角色就叫独奏家，就是说我们不属于任何单位，也不属于哪个团。活

延伸阅读

协奏曲（Concerto），是指一件或多件独奏乐器与管弦乐队协同演奏，显示独奏乐器个性及技巧的大型器乐套曲。协奏曲一词来源于16世纪的意大利语concertare，意为"协调一致"；17世纪，协奏曲一词又产生了拉丁文含义"竞争""斗争"等，接近现代意义上的协奏曲。

协奏曲一般分为三个乐章，且往往有独奏乐器单独演奏的华彩乐段，以表现高度的演奏技巧。在现代协奏曲创作中，也有以花腔女高音独唱（无词）与乐队协奏的声乐协奏曲。

动形式就是被交响乐团邀请，去做他们的演奏嘉宾。一个交响乐往往是先从一个序曲开始，大概是10分钟至15分钟，上半场的最后一个曲目是协奏曲。

协奏曲就是一个独奏乐曲，后面一个交响乐团伴奏。那么我就是这个独奏乐曲的演奏者，也叫独奏家。

问： 从您多年的世界性演出视角，您怎样评价中国目前古典音乐的发展？

王健： 这几十年里我们经历的变化可以说是无法想象的。我和我的父辈看到了国家这些年的变化，这种满足感是无法形容的。我们的祖国从一穷二白发展到现在的繁荣富强。从

吃不饱肚子变成了丰衣足食。这是不得了的一件事情，历史上从来没有过的事情。你必须要亲身经历，才能真正体会这个成就的伟大。能够见到祖国如此繁荣富强，真的是打心眼里开心，觉得很幸福。

从音乐的角度讲，我记得小的时候演出场所是非常少的，缺乏设备和设施。当时我希望去美国纽约的卡内基音乐厅演奏，去伦敦的大音乐厅演奏。

现在我发现，身边的外国音乐家反过来非常希望来中国的音乐厅演奏。不光是北京、上海、广州，很多二线城市都有非常漂亮的音乐厅，而且都是世界一流的水准，有了这些基础设施，演奏的气氛才能上去。

硬件的角度来说，古典音乐已经是一流的。

这个变化是极大的！我是 1968 年生人，亲身经历过物质非常缺乏、精神文化匮乏的年代。但多年来在世界各地跑，现在我看到外国的酒店、机场、公路等基础建设，全世界几乎跟中国都无法相比了。这是很令人震撼的一件事情。

我带父母去英国玩，他们下了飞机第一句话是："英国的机场怎么这么老旧？"我家在农村的亲戚，也从

可以说，当前中国古典音乐的发展是举世瞩目的。我们这场献给祖国 70 周年庆典的音乐会（注：中国爱乐乐团 2019—2020 音乐季庆祝中华人民共和国成立 70 周年音乐会），其中所有的作品都是中国作曲家写的。我演奏的几首作品就是我们年轻一代非常有为的作曲家周天先生写的，我非

常开心。在我看来这是完全可以立足于古典音乐的经典作品之一。

要知道目前这些大提琴协奏经典之作，都是通过一两百年的淘汰和筛选才留存下来的，只有十几部。一个英国的音乐评论家，他也同意我这个观点，他说这部作品应该加入古典大提琴经典协奏。这个评价是非常高的，对一个新作品来说是非常少见的。

没有祖国翻天覆地的变化，我们这些人的音乐事业不可能如此蓬勃发展，这些作曲家也不可能有这样的机会，在国外发展自己的事业。这个时候用音乐会的形式为祖国庆祝 70 岁生日，我觉得非常恰当。

我们在国外生活过很多年的人深有体会，刚去美国读书的时候，西方人对我们的态度很友好，但那种友好是一种关怀、是一种帮助。现在这种感觉没有了，反过来他们对我们是一种钦佩。他们看到中国的音乐人，首先想到的是能不能一起合作，现在就是这样的。

问： 能描述一下您所认识的王健吗？

大卫·斯特恩： 我父亲主动促成了 1979 年的中国之旅，他成功获得了中国方面的邀请，当时我才 16 岁。在中国，有个小男孩出来为我父亲演奏，

当他开始拉弓的时候，就有一种与他年龄不符的音乐感。那四五分钟是一段不可磨灭的记忆，多年后仍在我们脑海中回荡。你能猜到，那个小男孩就是王健。

后来他来到美国，在耶鲁大学我们成为同学，当时我正在那里学习指挥。他刚来美国时真的很紧张，怎么说呢？就像离开了水的鱼。他有社交困难、语言困难，但好在他反应很快，能够较快适应周围的一切。他的父母都在中国，这对一个孩子来说不容易。我认为我们之间的友谊让他觉得我们是一个大家庭，这很美好。

我们一起表演是我们音乐关系的基础，我们经常交谈、讨论，经常开车在纽约和纽黑文之间长途旅行，谈论这个，谈论那个，一起聆听音乐，做很多事情。

我们台下的关系大多是基于日常生活。这对王健来说很重要，因为这让他逐渐适应了远离家人的异国之旅。

延伸阅读

《从毛泽东到莫扎特》是由默里·勒纳执

导的纪录电影，1981年2月23日在美国上映。该片记录了美国小提琴家艾萨克·斯特恩1979年对中国的访问，反映了改革开放初期中国的风貌。

1979年，应中国原外交部部长黄华的邀请，小提琴家艾萨克·斯特恩访问中国，并在北京和上海讲学、举行音乐会。跟随他访华的还有一个美国好莱坞拍摄团队。于是，斯特恩此行便被拍摄成纪录片《从毛泽东到莫扎特》。"毛泽东"代表的是中国，"莫扎特"代表的是西方。"从毛泽东到莫扎特"，意指中国通过音乐遇见西方，开始迈步走向世界。

问： 能谈谈您现在的工作吗？

大卫·斯特恩： 经常有人问我："为什么要做指挥？"对那些不理解音乐创造过程的人来说，他们看到一个指挥站在管弦乐队面前时，会想：他在那里干什么？音乐家都是经过训练的，面前还有乐谱，还需要指挥吗？

我想说："嗯，有人必须启动他们，并维持秩序。"我就是所谓的"交警"，指挥交通，从某种程度上，这就是指挥家的含义。

但指挥也应该是一个会讲故事的人。我们要在任何音乐作品中创造一种叙事。显然，歌剧有叙事，交响乐也有，协奏曲也有。所以，每一首曲子都有一个"为什么"，我总是试图找到一个我认为存在于音乐中的故事，并尝试解释这个故事。

叙事不仅是对管弦乐队，还在一定程度上，要把这种叙事传播给公众。你不只是在看剧本里的文字，也在看它应该如何表达，很明显，"生存还是毁灭"，有无数种表达方式，就像如何演奏莫扎特的乐句一样。

延伸阅读

如果把整个乐队当成一件乐器，指挥就是这个大"乐器"的演奏者。首先，指挥家是音乐的诠释者，通过指示正确的节奏，让数以百计的乐器演奏者同声相和。其次，指挥家的使命是赋予乐谱生命力，将自己对作品高度精练的感受通过个性化的手势语言传递出去。同时，在乐团起伏的音乐中，指挥家是观众眼睛与音乐感受之间建立起视觉联系的桥梁。指挥家都有自己的个性和风格，同一个乐队或合唱队，在不同的指挥率领下，其表演风格往往有显著变化。即使同一首乐曲，经不同指挥家的精心处理，也会呈现出不同的艺术效果。一个优秀指挥家，不仅可以造就一个乐队，还能造就一个作曲家和他的作品。

1979年，艾萨克·斯特恩作为西方第一位来华演出的小提琴大师，在北京演奏了莫扎特的《G大调第三小提琴协奏曲》，由有"中国交响乐之父"之称的中国著名指挥家李德伦担任指挥。1999年，在第二届北京国际音乐节闭幕式音乐会上，两人再度合作演出，一时成为佳话。

问： 您怎么看待当年那次中国之行？怎么看当前中国的音乐教育？

大卫·斯特恩： 音乐的重要性，在于它是一种国际语言，我们通过音乐更紧密地联系在一起，理解彼此的文化。我认为我父亲那次中国之旅的态度很重要的一点是：他不是来教中国西方音乐的，他到中国是因为兴趣和好奇心。他想学习，也想展示和分享。"表演"甚至都不是一个最恰当的词，分享是一个更好的词。他就是这么做的。

当前的中国，学习音乐的人之多令人难以置信。据说现在中国有 700 万儿童学习钢琴，这无疑是个巨大的数字。

汉语的语调训练，我们在西方是接触不到的，所以我认为中国人有对声音的天然敏感。我总是在思考一种文化的音乐和该文化的语言之间的关系，它们有内在的联系。法语有口音，法国音乐对口音和分量有非常不同的概念，如果你不会说法语，不理解语言的流动性，那么就很难理解法国作曲家德彪西是如何发音的，因为语言具有灵活性。

在汉语中，这种声音有最小的色彩层次，他们能感觉到一些我们察觉不到的细节。所以，中国音乐家的旋律表达很微妙，我觉得很动人。

自 2009 年以来，我每年都来中国演出，现在中国的观众比欧洲或美国的观众要年轻得多。尤其在上海和北京，年轻人主动走进来，他们想听音乐。

我发现很多听众都是以家庭为单位来参加音乐会。中国自改革开放之后，人民对音乐从好奇变成了真正的需要，大家对音乐文化的渴望是真诚的。像王健这样的人，可以说是这种开放的象征。

我们通过音乐认识了彼此，我们是朋友。

"新心"相印

关键词

儿科发展　中美合作
命运共同体　医疗健康

写在前面的话

　　西方医者在日内瓦宣誓词中写道：我不允许宗教、国籍、派别或社会地位来干扰我的职责和我与病人间的关系；中国医道典籍《大医精诚》中言：不问其贵贱贫富，长幼妍媸，怨亲善友，华夷愚智，普同一等，皆如至亲之想。

　　两位顶级医生在这样一种中西共通的理念之下走到了一起，多年努力终有成果，为世界小儿先天性心脏病患儿带去了福音。以精湛的医术为一颗颗幼小的心脏带去生机，以慈悲之心为家长抚平悲伤与绝望。两颗坚定的心，跨越山海国界，达成了长达数十年的合作。

　　当各个国家、各行各业都能如此真诚地合作，也许就是美美与共的人类共同愿望吧。

人物简介

理查德·乔纳斯（Richard Jonas）： 美国人，波士顿儿童医院的心血管外科主任，美国胸外科学会副主席。

刘锦纷（Liu Jinfen）： 上海儿童医学中心心胸外科医生，国务院政府特殊津贴获得者。

那时候中国儿科医学尚在起步阶段，他们决定一起建所中外合作医院。1989年，中美两国的关系跌至低谷。有人劝理查德·乔纳斯团队终止对上海的援助。他却毫不犹豫地表示："中国的患儿和中国的同行需要我们，这是首要的，至于政治的问题，应交给政客去解决。"

这一年秋天，理查德和他的团队再次来到了上海。1998年6月，全国首家中外合作医院——上海儿童医学中心正式落成。

多年的紧密合作和持续不断的学

相遇的故事

同为心脏外科手术医生的理查德·乔纳斯和刘锦纷相识于1986年，

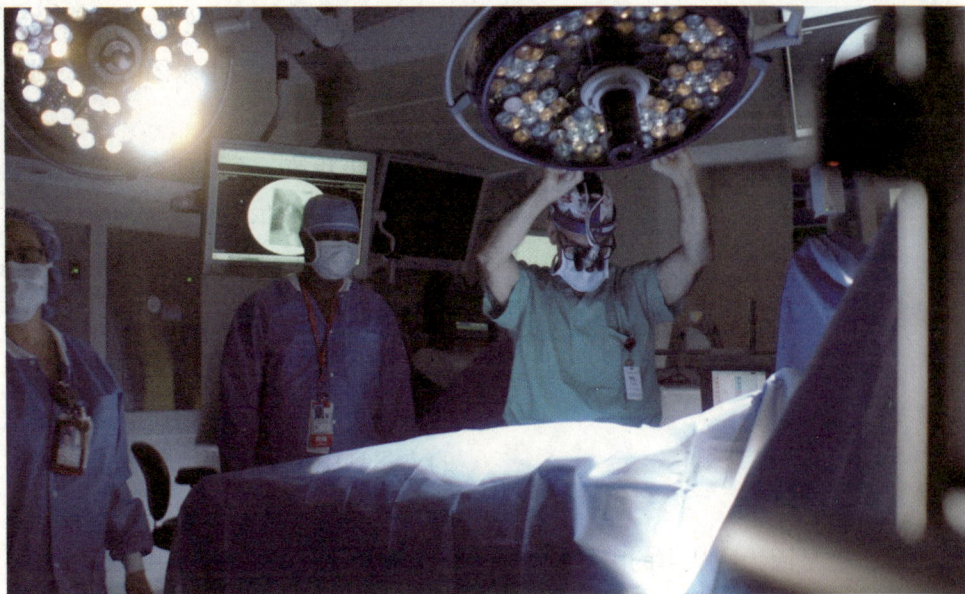

术交流让理查德和刘锦纷拥有了超乎
一般的信任。他们在生活上是坚定的
朋友，在业务上互相支持，寻求对方
的建议和意见。

　　如今，两人都成为全球最顶尖的
儿童先天性心脏病外科手术医生，上
海儿童医疗中心也成为全世界心脏手
术量最大的儿童医院。

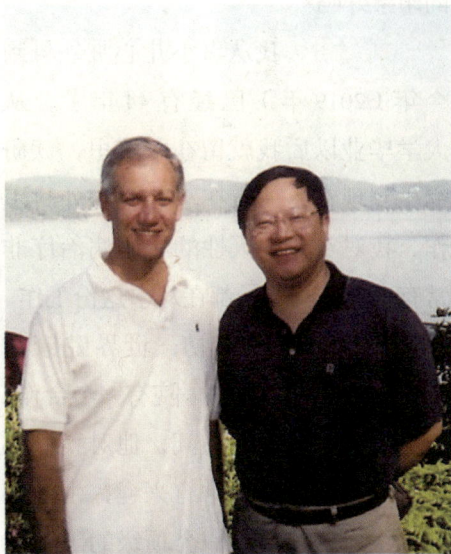

访谈录

问： 您是因为所从事的医疗领域和理查德结识的吗？谈谈第一次见他的印象好吗？

刘锦纷： 我从事小儿心脏外科到今年（2019年）已经有44年了。从大学毕业以后我就留在医院里，读研究生到现在，一直在小儿心胸外科工作。我对小儿先天性的心脏病治疗非常有兴趣，一辈子都在从事这份工作。

我记得1985年初，世界健康基金会和我们上海新华医院有一个合作，基金的总裁来中国访问，他对我们小儿心外科的项目非常有兴趣，由他们来牵线搭桥，要派一个顶级的国际专家团队来中国帮助我们心脏外科的发展。理查德为主的手术团队就来到了我们新华医院。

这是我第一次和理查德见面，至今也有三十多年了。当时他很年轻，我们是同龄人，他大我一两岁，我们都是50后。

他年纪轻轻就是波士顿儿童医院心脏外科的副主任了，还能带这么多的人员到中国来工作，我觉得蛮了不起、蛮酷的。他知识渊博，为人谦虚，给我们留下了非常好的印象。

之后他每年都来，我们的关系也越来越密切，不单单是学术交流，私人的感情也越来越好。学术方面，他要求很高，提的问题很尖锐，治学很严谨，但他对人是很热情的，有问必答。这让我印象深刻。

延伸阅读

世界健康基金会（简称世健会，Project HOPE—Health Opportunity for People Everywhere）1958年创建于美国，总部设在弗吉尼亚州，是一个国际知名的非营利健康教育组织。其宗旨是帮助人们长期有效地自助，拯救人类生命，减轻病人痛苦，帮助社区改进健康护理。自1958年以来，世界健康基金会的教育者已经培训了世界各地1300万名卫生专业人员。

问： 可不可以这么说，咱们上海儿童医学中心的建立是中美交往的产物？

刘锦纷： 我们上海儿童医学中心，是在80年代中期到90年代这段时间建立起来的。世界健康基金会前主席考察后提出来，跟我的老师丁文祥教授一起合作，在中国建立一个现代化的儿童医院。

筹划从90年代初就开始了，真正建成是在1998年。上海市人民政府和世界健康基金会密切合作，由上海市人民政府出地建医院，基金会提供2500万美元的现代化设备以及后续的人员培训。我们这个儿童医院一建成就是高规格的。我们的目标也很明确，就是要建世界一流的儿童医院。

我1998年开始做副院长，2003年做院长，2012年我退休了。我对医

院感情非常深，也比较了解。1998 年 6 月，医院开业的时候是希拉里来剪彩的，可见这家医院和美国的交往是很密切的，也一直得到世界健康基金会的资助。

早期理查德每年都来，后来是两年来一次，因为他的工作也很忙。他跟我开玩笑说："你们现在水平也很高了，各种复杂手术都可以做了，而且也都做得不错，我以后就用不着经常来了。"

后来他的支援更多的是通过开国际会议的形式，把我们的影响扩大出去。我们每两年举办一次国际会议，他都来参加。他和我是大会的共同主席，他是美方主席，我是中方主席，

我们一起组织会议，邀请嘉宾，确定议题。会议收到了很好的效果，国际上越来越多的人知道在上海有一个每年可以做几千例心脏手术的儿童中心，规模大，技术高。

我们心脏大楼建立后，手术数量从原来的每年上千例，到现在每年大概 3800 例。在全世界的儿童医院里，我们的量是最大的。而且我们不间断地培训年轻一代，不断请外国专家来讲课，等等，使得我们这个心脏中心基本走入了第一方队。我们在国内肯定是龙头，这是毫无疑问的。

理查德为此付出了很多，他为指导中国先天性心脏病的治疗应该说发挥了很大的作用。

延伸阅读

先天性心脏病是先天性心脏畸形中最常见的一类，约占各种先天畸形的 28%，指在胚胎

发育时期由于心脏及大血管的形成障碍或发育异常而引起的解剖结构异常，或出生后应自动关闭的通道未能闭合（在胎儿属正常）的情形。先天性心脏病发病率不容小觑，占新生儿的 0.4% ~ 1%，这意味着我国每年新增先天性心脏病患者 15 万 ~ 20 万。

问： 可以谈谈您和理查德这些年的交往吗？

刘锦纷： 实际上心脏中心的创建人是我的老师丁文祥教授。50 年代丁老大学毕业后，一直想搞先天性心脏病没搞起来。后来有了支持，即便条件非常艰苦，还是把这个专业搞起来了。1975 年我跟着丁老一起，那真叫一穷二白，设备也没有，器械非常简单，但我们有一股专业精神。

1980 年，我们和理查德合作以后，很多工作都是由丁老在和他们沟通。后来随着我的成长，才走到前面来，尤其是我担任院长的 10 年，我和理查德的联系非常密切。他对我的业务成长帮助很大。我在美国进修期间，语言不好，理查德都会耐心解答。尤

其是在翻译他两本著作的过程中我学到很多。

我曾经受邀去他家里，重点就是讨论他的书如何在中国翻译出版。那一次他自己开车到机场来接我，他太太做了沙拉、烤鸡。时间长了，随着交流越来越多，我们谈话就不局限在专业方面了，还会讲很多生活方面的内容。我们之间的感情逐步加深。

我加入美国胸外科协会（American Association for Thoracic Surgery），美国叫 AATS member，也是理查德推荐的，这个很重要。它需要有三个资深专家推荐，还要三个普通成员复核，才能加入。拿到这个，我非常激动，见面就跟他说非常感谢他对我的支持。他说："中国应该有这么一个地位，也

2012 年，刘锦纷教授接任上海市小儿先天性心脏病研究所所长，研究所进一步扩充研究队伍，新的实验场所、设备部署到位。胎儿先心病转诊网络进入实质性建设阶段，国内首个"胎

应该加入到这个组织里来。"

因为原来中国加入的人很少，在我前面只有一个人，北京阜外医院的吴清玉。再后面是我和阜外医院的院长胡盛寿。他们都是以治疗成人为主的，就我是以治疗儿童为主，所以非常感谢理查德的推荐。

他来中国，我陪他去访问南京、西安。理查德对中国的历史非常感兴趣，有的东西比我知道的还清楚。我问他怎么知道的，他说看书。他和他太太都很喜欢中国，已经是"中国通"了，用筷子吃东西都非常熟练。

延伸阅读

丁文祥，中国小儿心胸外科泰斗，小儿心脏外科奠基人。他白手起家，探索我国婴幼儿先天性心脏病外科治疗，带领中国小儿心血管学科跻身国际先进行列，创下国内小儿先天性心脏病手术的诸多先例。为全国 30 余家单位建立小儿先天性心脏病诊治中心，搭建了小儿心胸外科的大平台。提议建立上海儿童医学中心，承担守护中国儿童健康的使命。经过近半个世纪的发展，上海儿童医学中心心脏中心已经成为全球规模最大的婴幼儿与儿童心脏诊治中心之一，成为我国儿科医学界中的一张闪亮名片。

2020 年 8 月 19 日，中宣部、国家卫生健康委联合授予丁文祥 2020 年"最美医生"称号。

问：他对您有何影响？

刘锦纷：影响还是很大的。第一是工作方式、工作态度。我在进修的时候，看到理查德早上六七点就去查房，讨论病情。所以一直到现在，只要是我自己做手术的病人，我都自己查房。

第二就是他非常严谨的工作态度。他讨论病情，病史不详一定追问到底，这是对病人认真负责的态度。

第三就是学术造诣的深厚精微，从他写的书就可以看出，他对疾病治疗总结的经验写得非常详细。

他喜欢锻炼这一点也让我印象深刻，只要到中国访问，每天早晨他都定时到酒店健身房健身。我就很少这样，我可能走走路就算锻炼了。他说不行，你的肌肉方面要锻炼。这方面我要向他学习。

问： 您是怎么和中国建立联系的?

理查德·乔纳斯： 1986 年我受世界健康基金会约翰·沃尔什的邀请组建了一个心脏手术团队。约翰·沃尔什是基金会的负责人，他之前在波兰克拉科夫建立了波美儿童医院，有一天他对我说："我们应该在中国做同样的事情，我们应该在上海建一所中美医院。"世界健康基金会在全世界许多国家工作的基本目标是教当地的医生和卫生保健团队如何改善他们的医疗水平和医疗条件。80 年代初的中国，此类需求巨大。医疗教育，特别是复杂领域的儿童心脏手术方面——这也是我的专长，所以我觉得这是一个很好的机会。

记得那年 3 月，上海很冷，那一个月几乎每天都在下雨。南京路上好像只有几盏 25 瓦灯泡，我不确定，但那里真的空无一人，我不敢相信那是如今最繁华的地方。

最初的进展是缓慢和令人沮丧的，但我发现这座城市真是变化飞快。世界健康基金会捐赠的设备逐步改善了医疗条件，大概四五年之后，我开始有一种感觉，这里会有所成就。

问： 第一次见到刘锦纷给您留下了怎样的印象?

理查德·乔纳斯： 他给我的第一印象极其随和、友好。很多心脏外科医生都很保守，很难相处，可能不太合群。他是完全相反的，所以他能从

团队中脱颖而出。

我们有相同的目标，就是帮助孩子和家长应对先天性心脏病的挑战，因此我们要找到资源建立起这所医院。我们要培训年轻的外科医生，传播新思想和新技术，不断学习。

所以我认为我们之间最重要的纽带就是我们都在为同样的事情奋斗，每天都要面对同样的挑战。他在此过程中展现了令人难以抗拒的随和的个性，他是个很有魅力的人。

问： 多年来中国的经历您觉得中国变化大吗？

理查德·乔纳斯： 让我讲个笑话吧。1992 年，我们在浦东的卷心菜地里举行了捐赠仪式，上海的相关官员出席了。他们说这里将建起我们的医院，但说实话那里真的不像一个有前途的地区儿童医院应该待的地方。刘锦纷向我保证这里是一片即将开发的土地，只是需要时间。

我一本正经地对他说："我不了解具体的规划，但我真的认为应该建在对岸而不是浦东。"他对此总是笑个不停。当 1998 年医院正式运营的时候，

六年时间过去了。浦东东方明珠电视塔就矗立在我们医院不远处。

我们医院的 13 英亩可能是上海最有价值的土地之一了。所以每当我看到这一点，我就会想，他们是绝对正确的。这是一个世界上很引人注目的城市，而我们的医院就在那里。这里的变化是巨大的。

随着项目越来越成熟，杭州、武汉、南京、北京、广州等地也开始启动其他项目。刘锦纷和我一起环游中国。记得有一次我们去西安，中国的火车非常准时。我的意思是，就时间

而言，它们和德国、日本的火车一样好。高速列车系统真是令人印象深刻，洁净而准时。到处都是巨大的机场、巨大的火车站。街上充满活力和激情。在中国一年一年看到的变化，是我一生中看到的最令人惊叹的情景之一。

医学领域也是一样。有一些倾向认为很多中国科学是抄袭而不是原创的，我们必须承认30年前，中国的医学领域并不发达，原创的东西不多。但如今我参加过许多医学研究会议，那里有很多有趣的新研究进展发布。每年至少有百分之二三十的前沿成果是从中国年轻的科学家手里出来的，他们的英语非常流利。那些杰出的大学也取得了举世瞩目的进展。中国投入了很多，像美国一样在科学和研究上投入了很多，这也真的开始为他们带来了回报。

除了我长大和上医学院的澳大利亚，中国是我生活时间最长的国家。我在那里生活了30多年。从这个意义上说，它已经成为我的第二个家。我妻子也喜欢去中国。她目睹了同样的变化，我女儿也很喜欢中国。

延伸阅读

从80年代"宁要浦西一张床，不要浦东一套房"的农田，到如今功能集聚、要素齐全、活力四射的现代化新城，上海浦东新区的飞速变化，是上海现代化建设的缩影，也见证了新中国70多年发展的"中国速度"。

新中国第一家证券交易所、新中国成立后第一家进入中国的外资银行、在全国率先开展综合配套改革试点、设立首个自贸区……不仅是高楼拔地起，不仅是霓虹闪耀不夜城，这些探索与实践，让浦东张开胸怀拥抱世界，用开放的视角看世界，精准吸收一切先进经验，步伐坚实地走在发展的前沿。

开放成就了浦东。截至2019年，浦东的地区生产总值已经从开发开放之初的60亿元增长到接近1万亿元，经济总量翻了160倍。上海浦东新区的开发开放，一定程度上也标志着中国的腾飞。

浦东正在推进高水平改革开放，打造社会主义现代化建设引领区。未来还将创造更多、更精彩的发展传奇。

行摄中国

关键词

中外合作　黑白摄影

写在前面的话

　　摄影，是艺术家在寻常生活中发现美好，把生活中稍纵即逝的平凡事物转化为不朽的视觉图像，用镜头语言把日常中的细节凝结成永恒的瞬间。

　　中国艺术商搭建平台，展示外国摄影家视角里的中国，这样奇妙的组合本身就具有后现代主义的哲学意味。镜头前，相遇的是跨越国界的文化与艺术；镜头后，相遇的是真诚以待的信任与友谊。

　　眼见为实的是山川壮丽、城市繁荣；艺术升华的是自然空灵、人文禅意。受众和作者之间，隔着薄薄一张照片，通过视觉交流，甚至能突破语言文字的障碍，获得广阔的共鸣。这就是沟通的价值，这就是相遇的意义。

人物简介

迈克尔·肯纳（Michael Kenna）：英国人，摄影师，擅长黑白摄影。他对探索东方世界有着极大的热情，从 90 年代中期开始到访中国，于 2014 年出版摄影集《中国》。在他的镜头里，中国神秘唯美，带有难以名状的平静与禅意。他的作品被全球 40 多个知名的美术馆收藏。

卢骁（Lu Xiao）：北京泰吉轩画廊艺术总监，策展人，摄影史研究者，影像收藏家。2014 年他在中国美术馆策展"乘物游心 1839—2014 直接摄影原作展"，这是首次在国内以摄影史为线索的展览。展会结束后，他将展览中的 100 幅摄影史经典原作无偿捐赠给中国美术馆永久馆藏。

相遇的故事

2009 年，卢骁开了一家画廊，这个中国青年有一颗别样的艺术雄心，他要在中国展示杰出西方艺术家的作品。在某次讲座中，卢骁第一次接触到了美国摄影师迈克尔·肯纳的作

品，极简的构图和独有的影调颠覆了他对风光摄影的理解："我忽然意识到他拍的不是风景，而是他内心中风景的样子。"卢骁鼓足勇气给迈克尔发送邮件，期待他来华拍摄，没想到得到了回复。卢骁被迈克尔的平易近人和认真所打动，而迈克尔也因为卢骁

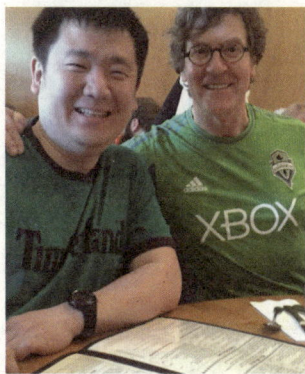

的热情相待而感到温暖。在卢骁的陪同下，迈克尔拍北京、拍东北雪乡、拍黄山、拍云南梯田，拍出了几十年风云变幻下真实的中国。

两人互相尊重，彼此欣赏信任，合作十分愉快。卢骁的画廊里始终存放着大量迈克尔的作品，这让迈克尔在中国的知名度和影响力不断攀升。十余年来，他们是亲密的朋友、完美的旅伴和相互成就的商业伙伴。

访谈录

问：中国素材是怎样"闯入"您的镜头的？

迈克尔·肯纳：我第一次去中国是在 90 年代中期。我先到了香港，然后坐巴士去了东莞的印刷厂。我喜欢四处看看，看香港的那些摩天大楼，在东莞吃以前从来没吃过的美食。

那次中国之旅很短暂，大概 9 年后我接受委托为汇丰银行拍摄。此后去了安徽、广西、北京、上海等地拍照，那次旅行太棒了。

对我来说，拍照有点像约会，你没法预测那段关系。你不知道那仅仅是 5 分钟的交谈，还是 50 年的恋爱。

而那次旅行塑造了我与中国的长期关系，这很好，我现在经常去中国。

随着我越来越熟悉这个地方，我认识了这里的人，品尝了这里的食物，领略了这里的风景。我越来越想去。从 90 年代中期到现在，已经有 25 年了。

中国的城市里人很多，但是他们很友好，完全没有敌意，他们会主动跟你聊天。如果你在中国爬过山，那你绝对会感受到那种壮阔，令人惊叹。

问：能讲讲第一次和卢骁的见面吗？

迈克尔·肯纳：在第一次见面前，我们已经通过电邮联系很长时间了。那是一次卢安排的展会开幕式。展会上的作品我已经不记得了，但我记得卢一家的热情。

他和他的父母还有很多人，那么慷慨，那么好客。吃饭的时候人们围成一圈，一张大桌子上摆着很多道你想象不到的美味佳肴。突然间我成了一个中国家庭的一员，这完全出乎我的意料，但我知道这是典型的中国风格。

展览很精彩，来了很多人。那是

一个令人愉快的展览。从此我们就一直保持联系，成为亲密的朋友和商业伙伴。

我们第一次合作是在北京。他带我去了紫禁城，我发现他是个优秀的导游，充分了解那座宫殿的历史。我记得他讲了 15 分钟后，我说："卢，我要拍照了，Let me alone。"我知道那很无礼，但当我需要拍照时，我需要集中精力。

他在这一点上很尊重我，知道我需要空间，他让我一个人待着。他经常静静地跟着我，给我创作的自由。但我必须说，他是一个很好的旅伴和好朋友。

问：您摄影时的工作状态必须是安静的吗？

迈克尔·肯纳：对我来说，摄影最重要的元素之一是内心的平静。我需要能够倾听我拍摄的东西。这听起来很奇怪，但我需要能够倾听自己，我需要那种共鸣，那种回声，那种安静，那种孤独。

如果身边的助手、朋友在聊天，我就做不到专注。我喜欢社交，但如果我要工作，那就意味着沉默。即便是计算曝光，我也必须在脑海里数，实际上我也是这样做的。

我是英国人，我很有礼貌，但当我希望在某个时候需要安静下来，我会直截了当地跟卢讲：我现在需要拍照，必须安静。那种安静在我第一次拍紫禁城的照片里也有体现：那是一条美丽的小巷，当时那里挤满了人，但我做了长时间的曝光，大概超过 5 分钟，甚至 10 分钟，于是所有人就消失了，看起来是独自一人在拍摄空巷

子。这个手法我经常在拍摄中用到。

问：和卢骁一起摄影时有什么让您印象深刻的事吗？

迈克尔·肯纳：卢是一个非常好奇的人，他总是尝试不同的东西。我记得刚开始的时候我们一起进行项目拍摄探险，他每次都会带不同的相机，他一直在试验。

为了寻找北国肃杀的氛围，我们一起去了哈尔滨，他的父亲也去了。那里不仅非常冷，还有冰雪覆盖的树，风很大，裹着雪粒飞舞，像雾一样。我在那儿学会了"干杯"这个词，也经历了难忘的宿醉。

还有一次他推荐我去大理拍摄，他说："那有一个美丽的湖，我们可以在那里拍照。"我们去了，见到美丽的

所以你必须时刻保持警惕。

问： 能谈谈你是如何与迈克尔结识的吗？

卢骁： 我第一次知道迈克尔是在课堂里。大概 2008 年，那是一次讲座，老师在投影上展示了迈克尔的作品。他拍的中国黄山、日本北海道的照片，给我留下了特别深刻的印象。他颠覆了我对风光摄影的理解。

他的作品有如此的一致性，一眼看上去就知道这是迈克尔的风格。极简构图、独有的影调，让我忽然意识

稻田，绚丽的倒影，周围有很多的摄影师。我们拍了很久，去吃午饭时，偶然停车，忽然看见一丛竹林被晨雾包裹着。"哦，这太美了。"于是我拍下了那张照片。结果这是整个旅行中最好的一张。

这就是摄影的迷人之处吧，你永远不知道接下来会发生什么，你永远不知道你想要的会在何时何地出现，

到他拍的不是风景，而是他内心中风景的样子。

这种震撼加上我对摄影原作收藏的喜爱，综合的契机吧，到 2010 年左右我开始做摄影画廊，于是就发邮件和迈克尔联系，约他来中国拍摄。

沟通之后发现他本人特别热情、平易近人。

当时他对东方很感兴趣，拍摄了很多关于中国和日本的题材。所以收到我的邀请他也很感兴趣。第一次在机场见到他，感觉和想象中不一样，他一点都不像 60 岁的人，很年轻。聊起来感觉也很投机。

我们第一次合作去了故宫。过地铁安检的时候，才发现他带了三四十卷胶卷。可进了故宫，到直穿后宫，都没动一下快门。突然他对巷子里的一棵树产生了兴趣。于是，对着这棵树拍了三卷，直到所有设置都达到完善。

我想这是他给我的第二次震撼。此后他就同意我们摄影画廊代理他的作品了。

延伸阅读

"摄影原作"，一般是指摄影家拍摄后亲自冲洗的第一批照片并签名的。有些摄影家自己不洗照片，但在他指导下第一次完成洗印后签名的也算"原作"。这样的作品原件，体现了艺术家对其作品的丰富、微妙、严格、分寸尺度等的把握和美学要求，既隐含着艺术家的个人性和独特性，也包含了时间、历史、技术等独特因素。

问： 迈克尔对你的影响是什么？

卢骁： 迈克尔对我最大的影响应该是：认识他之后我就不拍照了。因为我忽然意识到摄影真的很不容易。不是说给任何人一个相机，自动功能拿起就拍，这不是摄影。就像大家都会写字，可你成不了书法家。

比如我们去云南拍梯田的间隙，他有一张非常精彩的作品，是两栋房子之间有一棵竹子，背景是晨雾。他拍完之后拿着相机走了，我一看，这个点挺好，也过去拍一张吧，结果拿起相机发现背景的雾散了。我拍的就变得一点意思都没有了。

这就是摄影家的敏锐，他摁快门的那一瞬间，那个地方就是最好的一张画面。

再比如他拍黄山。我们普通人觉得黄山太好拍了，很容易拍成水墨画。但迈克尔不一样，他不拍云海翻腾、气势磅礴，他在大景之中找小景。可能就是一个山头或者一片云，可能就是一棵树的一枝，但是令人印象深刻。画面的框取能力非常强。

无论是拍北京、拍东北雪乡，还是拍黄山、拍云南梯田，在这些拍得比较多的题材中，他都能有新意，都有一种一致性的审美情趣在里面，这个非常难。就像你说一两句金句很容易，但是你要能形成自己的讲话风格，让大家都认可，还金句频出，我觉得这个是很难的。

还有就是迈克尔工作时那种认真的态度，即便到了今天这样的知名度，今天这个地位，依然全情投入，没有任何架子。

当时我们是四个人一起去黄山，迈克尔是里面年龄最大的，但是他体力最好。他其实也说累，但只要他背起相机包，就觉得浑身有劲儿。

延伸阅读

风光摄影是以展现自然风光之美为主要创作题材的原创作品，是多元摄影中的一个门类。它是一门观察、发现、思考和表达的艺术。人类第一张永久性摄影作品就是风光摄影。1826 年，法国人约瑟夫·尼塞福尔·尼埃普斯（Joseph Nicéphore Nièpce）将涂有沥青的白镴板置于暗箱中，对着窗外经过长达 8 个小时的曝光，通过这种"日光蚀刻法"，他成功拍摄了摄影史上第一张永久保存的照片《窗外的风景》。

问： 在接触中你和迈克尔有什么文化上的碰撞吗？

卢骁： 我就是觉得他这种成功的摄影师，在国际上真正能站住脚的摄影师，不是单纯就拍摄而拍摄。他们在拍摄之余会涉猎很多其他的艺术形式。迈克尔在飞机上，在旅途中，要

么在看书，要么在听古典音乐。

他看的是一些比较深刻的、有思想的书，不是看着玩打发时间的小说。他对老庄思想非常感兴趣，看了很多相关的书籍。他对东方神秘主义的书籍兴趣浓厚。

所以他的摄影作品是完整的审美体系，他在通过照片输出和表达。总的来说，他是一个不善言辞的人。比如你让他讲自己的作品，就很难。他每次讲课只能讲他小时候的经历，为什么拍的照片这么空灵、极简。

我是一个比较喜欢玩的人，咱们

中国人知道老北京爱在冬天养鸣虫、蝈蝈、油葫芦什么的。我们出去玩的时候我也会带着，迈克尔第一次看到时非常惊讶。他特别不理解，他说这个东西为什么要养，为什么出门还要带着。

我就跟他讲，这是中国人传统的生活情趣。冬天是一个特别安静的季节，没有虫鸣鸟叫，古人也没有录音机、手机、电视机，但你只要把夏天的鸣虫反季节地培养出来，揣在怀里保持温度，就能听它在冬天的鸣叫，体味别样的趣味。

杖头木偶出海记

关键词

非遗传承　跨界合作
皮影艺术　文化自信

写在前面的话

　　20世纪初，中国风雨飘摇、积贫积弱，一门古老的艺术"皮影戏"从盛极一时到日渐式微。冥冥中的缘分，一位美国人在北京买下了一个行将倒闭的皮影戏班的所有家当，并带回了美国。三代人的传承和创新，让这门东方艺术在美国开出了别样的花朵。

　　时隔百年，远涉重洋的"游子"回归，西化皮影戏与杖头木偶相遇，联袂再现昔日荣光。这不仅是中美两国艺术家的握手，还是历史绵延千里的温情再会。非遗传承，不只为了一人一国，艺术不分国籍，文化世界共通。

人物简介

斯蒂夫 · 凯普林（Stephen Kaplin）：
美国人，纽约大学表演艺术研究所硕士。他
曾为百老汇音乐剧《狮子王》亲手制作了用
于舞台背景的全部皮影，让这门传统艺术融
入了当下美国主流的娱乐文化中。

戴荣华（Dai Ronghua）： 扬州木
偶戏剧团团长，省级非物质文化遗产项目
"杖头木偶戏"代表性传承人。

相遇的故事

斯蒂夫·凯普林是一名来自美国的皮影戏研究者和表演者，戴荣华是扬州木偶戏剧团团长。

2014 年，斯蒂夫在扬州出差时无意中路过一个木偶剧院，一下提起了精神，决定进去看看。两人因此结识，彼此十分投缘，有说不完的话。

扬州杖头木偶机关多，表情丰富，而经过西化的皮影戏在传统之余又多了很多科技元素，这让彼此都深受启发，并深深感到合作空间极大，两人一拍即合，兴奋地相约下次再见。2016 年，斯蒂夫带着团队和设备再次前往扬州，戴荣华也派出十几个演员。最终，两个团队共同创作了一部以扬州为背景的皮影戏《四季》，结果反响十分热烈，于是他们雄心勃勃地开始计划前往美国巡演。在对非物质文化遗产的共同守护和艺术碰撞中，两人的友谊之花缔结了丰硕的成果。

访谈录

问：能讲讲您为什么如此痴迷于皮影、木偶艺术吗？

斯蒂夫·凯普林：我们手头的项目，也就是关于皮影和木偶的项目对我们来说很有意义。我们要讲一个故事，一个真实的故事，那要追溯到1930年的中国，皮影艺术第一次被带到美国。宝琳·班顿让那些难以置信的收藏真正"活"了起来，并组建了北美第一个皮影表演公司。此后，乔·韩佛瑞继续了这样的文化传播。

当我们（注：和其夫人冯宇光）成立公司的时候，我们继承了所有木偶。所以，我们想讲这样一个故事，让两个国家的人知道皮影木偶的过去。这种从中国到西方的逆向文化传播的例子并不多，我们这些参与者非常有信心，认为这个故事值得去做，这些作品值得去展示。

可能从2020年开始，到2021年，我们用这些皮影木偶来创作这个关于我们艺术历史的作品并通过这条线索追溯到20世纪初，串联起三个女人——宝琳·班顿、乔·韩佛瑞和冯宇光。

我们称之为《三个女人，一台台的戏》，它是关于文化传播的，它是关于这些木偶从中国到美国，然后在美国表演了几十年，最后又回到中国的故事。这个作品反映了我们自己的经历，也展示了这种艺术在东西方的流动，同时向这三个女人所做的工作致敬。

这将是一个完美的项目，一个非常好的从中国到美国的巡回演出。

延伸阅读

皮影戏向北美传播，发轫于精通汉语的德裔美国犹太人、东方学家贝特霍尔德·劳费尔

(Berthold Laufer) 博士。因为对中国民间艺术品的钟爱，他高价从北京一个行将倒闭的皮影戏班手里买下了全部家当，带回美国。

数年后，在亚洲生活过的宝琳·班顿（Pauline Bento）女士在美国芝加哥博物馆参观时，发现了劳费尔博士的皮影收藏，并为其中所蕴含的生命力感到震撼。于是她再度前往中国学习了皮影的基本技法，并于1932年在纽约成立了红门剧社 (Red Gate Shadow Players)。演出时，用英文念台词，用自创手法、自创乐曲演奏月琴、扬琴、二胡、鼓和锣等中国乐器配乐，红极一时。

班顿女士过世后，乔·韩佛瑞 (Jo Humphrey) 继承了她的衣钵。韩佛瑞从小就对东方文物和艺术感兴趣。高中时看过红门剧社的演出，皮影鲜艳的色彩给她留下了极深印象，这让她决定前往南加州大学戏剧系学习表演。之后她成为戏剧导演，并于1976年（龙年）成立了"悦龙皮影剧团"（Yueh Lung Shadow Theatre）。

1983年，"悦龙皮影剧团"招收了一名中国台湾的留学生冯光宇，她展现出的京剧功底让韩佛瑞印象深刻，于是马上让冯光宇到团里任翻译、配音并教授演员中国传统戏剧的知识。

这期间，冯宇光遇到了同在纽约大学表

演艺术研究所攻读硕士学位的斯蒂夫·凯普林——也就是本文的主人公。对戏剧的共同爱好将两人结合成了事业伙伴和生活伴侣。1995年，冯宇光和凯普林在美国创立了中国戏剧工作坊 (Chinese Theater Works)。韩佛瑞退休时把所有"家当"都给了这对夫妇，她说："这本就是你们中国人的宝贝。"

20 多年来，中国戏剧工作坊一共自编自导自演了 30 余出跨界、跨文化的原创剧目。例如凯普林为百老汇音乐剧《狮子王》亲手制作了用于舞台背景的全部皮影，让这门传统艺术融合进了当下美国主流的娱乐文化中。

问： 第一次与戴荣华相遇是在什么情景下呢？

斯蒂夫·凯普林： 我想那完全是一场偶遇。2015 年，我们和中方合作，

在为期两周的访问中，教孩子们制作木偶，并完成表演。回来的路上，我们和孩子的父母开车，有人指着路边说："看，那里有一个木偶剧院。"我们就这样停下来，上了楼，戴就在那，他邀请我们进去。

事虽偶然，但我们谈得很愉快。我告诉他我们在中国做什么，他非常兴奋，于是带我们参观了他的工作室。

那是我们第一次见面，他很惊讶一个突然出现的外国人喜欢他熟悉的艺术。扬州杖头木偶在中国有很高的声誉，他们也曾去欧洲表演，但没去过美国。我们合作空间很大，一拍即合。这就是命运吧。

延伸阅读

杖头木偶戏是一种古老的传统戏剧，从唱腔、剧目到表演程式广受川剧影响。木偶长40厘米，小巧玲珑却动作精确，剧目可观，文武兼善。2007年3月，入选江苏省首批非物质文化遗产名录。2019年11月，《国家级非物质文化遗产代表性项目保护单位名单》公布，江苏省演艺集团有限公司、扬州市木偶研究所（江苏省木偶剧团）获得"杖头木偶戏"保护单位资格。

问： 对未来的合作有何规划？

斯蒂夫·凯普林： 我们已经写好了剧本，并将其翻译成中文，这是我们合作的基础。在这个故事中，要融入东西两种文化，以一种中外观众都能接受的方式来呈现，这是一个巨大的挑战。

我对这个项目的进展非常乐观，我认为双方的技术能力都不是问题。我想要的是制作一部既能吸引中国观众又能吸引美国观众的戏剧作品。

尤其是在纽约，那里不仅有中国人，还有来自世界各地的观众，让人们在异国情调的木偶戏中发出这样的慨叹："哦，中国！"我们的目标是让这个节目可以在世界各地传播。木偶戏本身是一种非常通用的语言，在某种程度上，它绕过了口语，让全世界的人都能感受到它想说的故事。

这是非常特殊的文化形式，我

们会在纽约先尝试，然后推动它的国
际化。

问：能谈谈您所在的剧团和杖头
木偶吗？

戴荣华：我们江苏省木偶剧团
1957 年建团，到现在已经有 60 多年
的历史了。目前发展的势头依然不错。
改革开放以后到了 80 年代，我们以京
剧跟歌舞剧结合的方式进行剧目创作；
90 年代以儿童剧为主；2000 年以后，
我们创作的儿童剧在市场上很受欢迎，

有 9 台大戏正在演出。

从剧团的发展来讲，我们的"另
一条腿"是木偶制作。这方面在全国
都有一定的地位和影响力。全国 70%
左右院团的木偶是在我们这制作的。

制作一个木偶，涉及美术、雕
塑、装置、精工、钳工、木工等多种
行当。木偶制作有传承，也要有创新，
工序多、制作繁复不说，轻而坚固的
新材料应用也很重要。我们的制作队
伍行当最全、人员最多、分工最细、

制作最精良。

我们的制作人才来自全国美术院校的毕业生。演员通过扬州艺术学校三年的培养，择优录取。到团后还有专门的老师对演员进行为期一年的培训，一对一师徒传帮带。

木偶分好多种，有杖头、提线、布袋、水傀儡，等等。我们继承的是杖头木偶。

扬州的杖头，俗称"三根棒"。

传统木偶，没有身腔，只是一个头一根棍子下来，肩上一根木板，给人的感觉和衣服架一样。现在要完整地做一个木偶，机关很多，木偶表情丰富，眨眼、动嘴这些动作都可以做。

我们团的木偶剧发展的方向，第一个就是我们始终牢记我们是国家级非物质遗产保护项目，也就是扬州的杖头木偶。其次是和科技相结合，近几年我们创作的一些剧目，如《嫦娥

奔月》《神奇的宝盒》，用了全息投影、裸眼 3D 等技术，使木偶剧更加生动。

问：据说您与斯蒂夫的相遇是很偶然的，是吗？您对他的印象如何？

戴荣华：2015 年他所在的"中国戏剧工作坊"在中国举办了一个面向小孩子的夏令营，其中有两个扬州的孩子。家长邀请斯蒂夫夫妇来扬州玩，他们无意间看到扬州木偶剧团，斯蒂夫一下子就来了精神，一定要来看看。

一接触以后，大家就有说不完的话，也很投缘。我记得那天在一起谈了三个多小时，主要谈的是木偶艺术。我们的杖头木偶跟他的影子戏是相通的。

第二次是 2016 年，他们又来了一次扬州，带着团队和设备。我们单位也派了十几个演员跟他们进行艺术交流，谈如何把影子戏里面的一些情节通过杖头木偶来表现。经过一个星期的交流后，初步拿出了一个叫《四季》的剧本方案，并且成功地排出来了。

第一次见面时他头上扎的小辫子我还记得。能认识这位远方的客人，我很激动。他对木偶艺术的痴迷让我很敬佩。

斯蒂夫本人是木偶界的专家，对中国木偶的了解程度也比较深。他的爱人是中国台湾人，在木偶研究方面也比较深入。他们很早就和西安有合

作，2012年，还在唐山参加了全国木偶展演。

他第一次看到我们木偶仓库里的几百个木偶，看到我们的制作水平，很吃惊、很羡慕。他觉得跟我们这个院团合作是正确的。

问：您怎么看两方面的合作？

戴荣华：从表演风格上，我们多少还是有一点区别的。他们的表演以写意为主，而我们以写实为主，正如中国画一样，就是形似跟神似的关系。

我觉得写意跟写实两个结合的话，对一个剧目，对一个人物的刻画可能更加完美。我们双方都有这个意愿，能合作起来，把中国的艺术跟美国的艺术完美地结合起来。大家一拍即合，认为有前景，能够很好地合作。

有差异，值得学习的地方才多。比如他们的影子戏，手指动作、关节、身段的表演，对我们杖头木偶来讲，是值得借鉴的。通过学习以后，我觉得我们在木偶的装置结构上可以改变，使我们的杖头木偶也表演得更加细腻，得到我们想要的一些东西。

美国方面的装置高科技含量多，我想通过跟他们合作，将高科技运用到我们木偶的头部装置里，比如面部的表情等，尤其是硅胶的使用。

从他的角度讲，他看到了我们杖头木偶表演的优势，比如表演侍女动作时，可以在皮影的袖子上加一些软的布料，表演起来更加飘逸。

我想通过跟斯蒂夫的中国戏剧工作坊合作，第一就是能够使扬州的木偶更好地在美国市场得到展示，推广到美国去，让更多的美国人了解扬州杖头木偶。

第二就是通过互相学习和合作，能够有更多的借鉴。从剧目创作领域，找到东方跟西方理念差异下的结合点，让我们在艺术的创作上得到升华。

第三就是市场的推进。在中国市场的推进是一种模式，在欧洲、美国有另外的推广模式，我觉得通过合作，能够让我们从中得到启发，能够学到更多的知识和经验。

深圳的共同建设者

关键词

改革开放　经济特区

写在前面的话

　　1979 年，深圳成为中国改革开放建立的第一个经济特区。接下来的 40 年，深圳用史无前例的速度，奠定了它作为一座现代化国际大都市的地位，也铭刻了一部独特的、活着的中国改革开放史，甚至拉动了整个世界经济数十年的发展。如果说这是一首交响曲，那么参与其中的每一个人都是音符，把这雄浑的乐曲传播到远方，更远方。

　　本文中的两位主人公，既是深圳从小渔村到国际大都市的见证者，又是这非凡历程的直接参与人。他们亲历了这个南方明珠最振奋人心的成长之路，也让经济特区在敢闯、敢试、敢创新的国际合作中腾飞。

人物简介

迪克·霍利菲尔德（Dick Hollifield）：
美国人，1994年时由杜邦公司派驻中国
深圳，作为运营经理负责新厂区的建设和
经营。

邓先智（Dannis）：湖南人，2003年
进入杜邦公司后参与第一家深圳杜邦工厂
的建设。如今在上海的科慕化学负责亚太
地区的化学品采购。

相遇的故事

1994 年，来自美国的迪克·霍利菲尔德第一次来到中国深圳，负责监督一家化工厂的建设。工厂选址在当时还是一片稻田的车公庙，24 小时供电都非常困难。而现在，这里已经成为整个福田发展的中心。一次简短的面试，让迪克一下子看上了这个"对工作充满活力，做的比自己想要的还要多"的工程师——邓先智，邓先智成了迪克的现场经理，他在工作中不断证明自己。在四五年的工作中，两人一起吃饭、聊天，自然而然地变成了亲密的朋友，并拥有了共同爱好：高尔夫球。这变成他们相聚和放松的

重要方式，同时也帮助他们建立了新的国际业务关系。

曾经的迪克打定心思 5 个月就回国，没想到在深圳一待就是 20 年，如今的他 80% 的时间都在深圳。邓先智则去了另一个"机会之都"上海。这段友谊并没有因为距离而变淡，只要有时间，两人就会见面，每年两次的共同旅行，相约一起打高尔夫球，时常带着家人看望对方。他们共同见证了深圳日新月异的变革与发展，也切身感受到了改革开放带给中国人民的巨大变化。多年的共事让他们的关系越来越像亲情，他们与这座城市的联系也越来越深。

访谈录

问：您最早是在上海工作，作为亲身体验过两个一线城市发展的国人，您怎么看深圳的发展？

邓先智：2003 年我在上海的一家工程公司工作。杜邦深圳厂有工程管理岗位的需求，我因此南下。共有三个人的简历交到了迪克手中，我被选中留了下来，那是 2003 年 1 月。

项目完成后，迪克觉得和我一起工作很愉快，恰逢有一个机会可以加入杜邦深圳厂，于是 2004 年 10 月，我作为生产运营经理留在深圳。

2003 年的深圳发展得已经不错，并不怎么落后于上海。当然，那时的深圳依然在高速发展的过程之中，那里有很多的工作机会，也有很多的外资投资企业扩建厂房。那里对全国各地的人包容度都很高。你是当地人也好，外地人也好，在这个移民城市里生活都挺舒适的。深圳适合外来的人打拼。外国朋友也多，因为深圳是第一批对外开放的城市。

我跟深圳的老外同事聊天，经常会说到深圳的发展速度。比如当时工厂对面一栋 30 层的楼，在美国可能需要三五年才能盖起来。在深圳，一年半、两年就足够。还不光是基建速度，各种政策决策也非常快，所以吸引了非常多的人才。深圳为中国的各项发展贡献了非常多的经验。深圳在将经验推行到中国别的城市中，起了一个很好的带头作用。

十年前，深圳发展的是一般性的制造业。今天（2019 年）你去看，这里的高科技企业成了支柱，比如华为，发展得非常好，它的销售每年已经超过 1000 亿美元。还有腾讯、大疆等高科技企业，都是在深圳，它们是各个行业的龙头企业，可见深圳发展的潜力还是巨大的。

我觉得未来 20 年深圳依然是中国非常有竞争力的城市，甚至在全世界都是非常有竞争力的城市。

延伸阅读

杜邦公司是第一家在深圳设立中国总部的世界 500 强企业，于 1984 年进入中国，1988年在深圳注册成立"杜邦中国集团有限公司"，为中国政府批准的首家外商独资投资公司。可以说，杜邦见证了深圳成为国际大都市的发展历程。

问：您第一次和迪克见面的印象如何？他是一个怎样的人？

邓先智：我还记得那次面试。面试的办公室在二楼，他在那里等我们三个人。我们当时 20 来岁，三步两步跨着台阶往上蹦。迪克提醒说，拉住扶手，一个台阶一个台阶地上。这不仅是作为一个长辈的关心，还是长期工程安全意识的养成，这种细小的提

醒，到后来也影响了我在杜邦深圳厂做的那些项目管理，我非常注意安全细节。

他在中国待的时间长了，有一套和中国人相处的方式，和他在一起氛围非常好。他对中国文化、对中国项目管理运作的模式，都有非常独特的见解。包括怎样选承包商，怎样选项目管理团队，怎样安排项目团队工作，都有自己行之有效的办法。

和他工作的那段时间也开阔了我的视野。2005 年，我去美国参加培训，他几乎贴身似的一步一步地教我，让我度过了那段难忘的北美生活。还有就是去印度的旅行，在那里，迪克教我千万不要喝当地的水，只喝瓶装水。但是我和其他同事还是腹泻了，非常严重。后来才明白，是因为我们用水龙头里的水冲洗完苹果就直接吃了，迪克用瓶装水又冲洗了一遍，结果他好好的。

问：迪克怎么看深圳的发展？

邓先智：我 2003 年到深圳，2010年离开，7 年之间深圳发展的速度已

经让人感到非常震撼了。但是迪克是从 80 年代一直到今天，他大部分时间留在深圳。他比我这个中国人更多地见证了深圳的高速发展，他的体会比我还要深。

你看我们深圳的工厂原来在车公庙，现在已经成了整个福田发展的中心。1989 年迪克来的时候，车公庙那个地方还完全是农田。当时选址选了一个很偏远的地方，结果到今天成了中心，厂子搬到光明新区了。这样的发展速度，谁能想得到？

还是去印度的时候。为深圳上一条包装机械的生产线，我和迪克去印度的杜邦工厂考察。刚在孟买下飞机，迪克就摸着一个柱子说："Nothing changed for more than ten years."——十年了，啥也没变。

这是他对比深圳变化后发出的感慨。

他不仅看过深圳，他还看过中国。中国的许多城市迪克都去过，他喜欢旅行。尤其是他退休以后，从 70 岁到 80 岁，他去了东北、西藏等地。2011 年，他在南京做项目，我去帮他。结果在南京时，他比我熟悉得多，坐地铁几号线，怎样去工地，他都知道。

这可是个基本不会说中文的"老外"啊，可见他是真的喜欢中国，喜欢中国的发展。

延伸阅读

2019 年 8 月 18 日，《中共中央、国务院关于支持深圳建设中国特色社会主义先行示范区的意见》发布。发展目标是：到 2025 年，深圳经济实力、发展质量跻身全球城市前列，研发投入强度、产业创新能力世界一流，文化软实力大幅提升，公共服务水平和生态环境质量达到国际先进水平，建成现代化国际化创新型城市。

到 2035 年，深圳高质量发展成为全国典范，城市综合经济竞争力世界领先，建成具有全球影响力的创新创业创意之都,成为我国建设社会主义现代化强国的城市范例。到 21 世纪中叶,深圳以更加昂扬的姿态屹立于世界先进城市之林,成为竞争力、创新力、影响力卓著的全球标杆城市。

问: 您在中国度过了 20 多年,退休后还大部分时间留在深圳,能谈谈这里有什么吸引着您吗?

迪克·霍利菲尔德: 说起来,我来中国有点偶然。其实是因为中国工厂的经理提前退休了,我临时顶上。开始是半年,后来这个工作变成了 2 年。后来你知道的,这成了一段 20 多年的经历。

那是 1989 年,中国人的粮食还是凭票配给,而外国人需要另一种货币(注:外汇券)。工厂里很多中国人都不能说英文,我把我的妻子带进来辅导工厂里想学英语的人。可以说那时的中国不发达,如今遍布的高铁、机场,这些基础设施什么的都不存在。

你无法相信中国所取得的进展。

现在，到处都是高铁、地铁。上海已经有 18 条地铁线路了吧，深圳可能少一点。作为杜邦在深圳建立公司的最早一批外国人之一，我亲眼看到工厂是建在一片稻田里的。当第一个地铁系统兴建的时候，我怀疑真的会有人乘坐吗？那里几乎没有居民。如今，深圳至少有 10 条地铁线路，大部分时间都很拥挤，尤其是在高峰时段。

当我第一次去中国的时候，24 小时供电非常困难。5 年后，问题就解决了。我不知道中国政府做了什么，但很明显他们发展了电力基础设施，至少在主要城市，电力供应不再是一个问题。

事情发生得如此之快，你几乎失去客观认识它的能力。那些变化，最令人印象深刻的不是数量，而是它们发展的速度。中国修建公路的时间是世界上其他地方所用时间的一半，而且质量很好。他们高标准严要求，能管理好员工。

我认为中国做得很出色的一件事就是城市规划。尤其是在深圳，他们在几乎没人的地方建购物中心，这太

疯狂了！但别着急，两年后，周围都是大公寓楼，购物中心也挤满了人。他们不是为了现在而建设，而是为了未来，这是最让我惊讶的事情。

我想这就是中国的吸引力吧。所以当我第一次去中国的时候，我只打算在那里待 5 到 6 个月。但我发现我非常享受在那里的时间，所以我抓住了机会去做其他的项目，一直到退休，到今天。

问：您是怎样结识邓智先的？你们之间的友谊是怎么形成的呢？

迪克·霍利菲尔德：我当时在深圳做一个项目，扩建设施需要一位现场排期的工程师。承包商推荐了邓智先和其他两人，我面试了他。他给我留下了深刻的印象，我能看出他是一个对工作充满热情的人，他想做的比你让他做的要多。

于是我确定下来，就是他了。一年半之后，我们完成了那个项目。我问他是否愿意留下来做下一份工作，我希望他成为施工经理。结果他留下来了，做得很出色。那四五年我们都在一起工作。我们一起吃饭、聊天，

邓认为我是个高尔夫球手，我说："好吧，我们给你买球杆，我们去练习场，我教你怎么打高尔夫球。"我们自然而然地发展了一段友谊。

邓的适应能力很强，他自学了英语，尤其是语感非常棒。他学高尔夫球，从握球杆都不会，到打得又长又直，他没花多长时间。我想他如果多加练习，就有可能打败我。

延伸阅读

从 1457 年开始，高尔夫球运动从苏格兰风行到世界各地。19 世纪末，美国的高尔夫球场已经超过了 1000 个。到 20 世纪末，全球的 3 万个球场中有三分之二在美国，美国是全球高尔夫运动最发达的国家。19 世纪末到 20 世纪初，不少苏格兰和英格兰的选手，远渡重洋来到美国教授球技，使得美国的高尔夫水平日新月异。这项运动在美国的发展一日千里，尤其是职业巡回赛的成功，吸引了工商界和传媒界的注意。同时，美国在球具生产方面的高新科技处于全球主导地位，例如比赛用球、杆头、杆身等新材质不断推陈出新。20 世纪美国人崇尚时尚，高尔夫服装也成为球场上的重头戏。

无论是高尔夫运动水平，还是高尔夫相关产业的发展，美国在世界高尔夫运动的发展过程中，都起着举足轻重的作用。

问：谈谈您的旅行可以吗？

迪克·霍利菲尔德：我试着让自己沉浸在中国文化中，我喜欢中国人民和中国文化。我可能比大多数外国人更了解中国文化。

刚开始的时候我也有不适应的地方，我的妻子表现得更明显。那是某个节日，路上很拥挤，不是拥堵的汽车，而是拥挤的人。我妻子转过身来看着我说："你得让我离开这里，因为我受不了了。"

即便在周末的公园，你也不能骑自行车，因为人太多了。直到现在依然如此，尤其是春节，依然到处都是拥挤的人群。火车站、机场，到处都是人。

说起汉语，我想我的发音和我说汉语的方式是正确的，只是我的词汇量太有限了。我能告诉司机我想去哪儿，这方便了我的旅行。

我在深圳待了很长时间，深圳和香港是我旅行的枢纽，这里有飞往中国任何一个地方的飞机，也有飞往世界任何一个地方的航班。

我去过中国的大部分省份，差不多60%的主要旅游景点以及文化区域。当有客人来访时，我也非常喜欢带他们游览中国，带他们参观旧城市和新城市，尤其喜欢带他们参观上海。

我喜欢做导游，我有一个朋友每年都会来。他喜欢环游世界，我们去了几个地方，四川、广西、湖南、陕西、新疆、西藏，我们真的很享受旅行。

对了，不去长城，中国之旅就不完整。你至少要体验一下北京。但最难忘的旅行之一是我在新疆度过的两周。我们一路向南到了巴基斯坦和阿富汗，然后飞回乌鲁木齐，在导游的带领下游览了新疆的北部。那里真是一片美丽的区域。

当然，深圳对我意味着更多。深圳是一个适宜居住的城市。在深圳出行非常方便，坐公共汽车很方便，坐地铁也很方便，到处都是出租车。

无论白天黑夜，走路都很安全。

我所处的街区没有任何麻烦。我骑自行车去的公园，离住所大约40公里，首尾相连，非常漂亮。它就在深圳湾旁边，可以看到背景中的香港。

当你融入深圳时，你会有一种真正温暖的感觉。每次我去深圳，感觉就像回到了家。中国有我的朋友，即便我和邓不在一起工作了，我们每年依然见两次，打打高尔夫球，吃顿饭，保持联络。

我期待下个月在高尔夫球场见到邓，但他不会赢我。

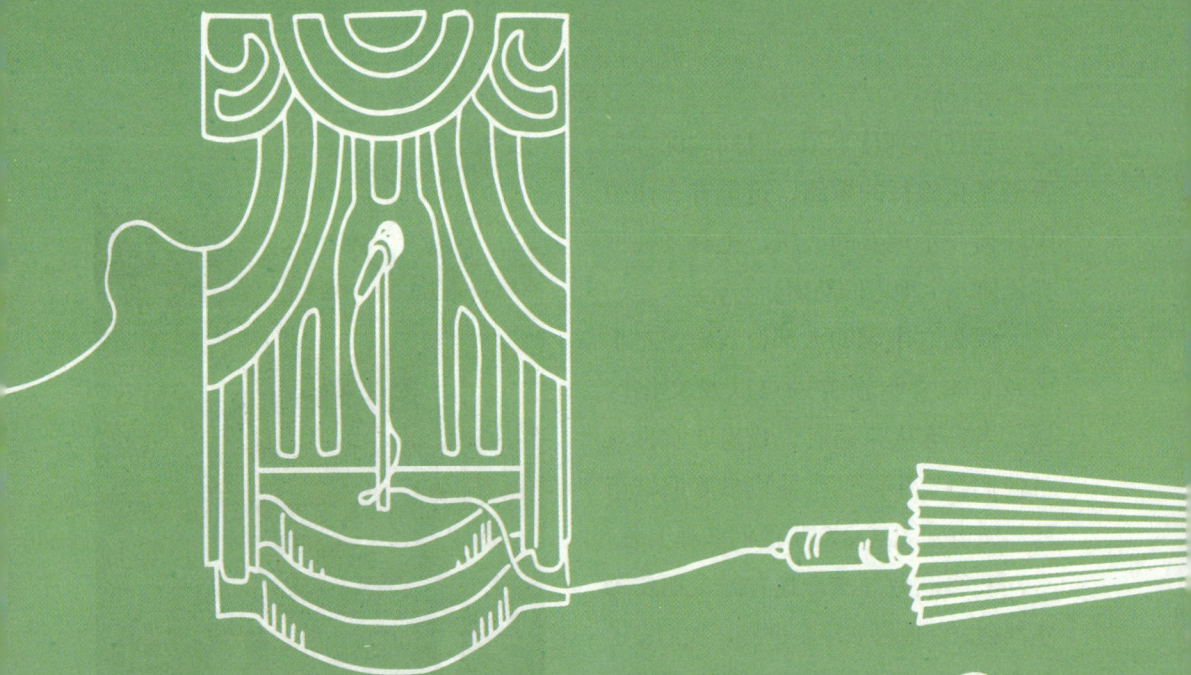

大洋洲

不老青春不老情

关键词

学术交流　中澳合作

写在前面的话

　　语言文字是人类沟通的基本方式，用它可以表达亲情、友情、爱情，用来找到朋友，化解矛盾。从这个意义上讲，语言学家、翻译家，就是种族与国家间沟通的"桥梁工程师"。当然，正如维特根斯坦指出的，语言作为一种表达工具也有它的局限性。真正的沟通是超越语言的，需要双方敞开胸怀、开放思想，以诚挚为基础，以信任为桥梁，才能铸就跨越时间的情谊。

　　两对伉俪，两个国家，两个家庭，两种语言，在一个甲子的时光中结下了超凡的友谊。什么是胸怀？什么是真诚？作为后辈，回看这四位百岁老人的大半生，应该会有启迪吧。

人物简介

科林·马克拉斯（Colin Mackerras）：著名汉学家，澳大利亚格里菲斯大学荣誉教授，澳大利亚联邦人文科学院院士，中国人民大学讲座教授。入选国家外国专家局"引进海外高层次文教专家重点支持计划"、中国人民大学新奥国际杰出教席。

爱丽丝·马克拉斯（Alyce Mackerras）：澳大利亚格里菲斯大学中国领域学者，汉语教材编写者，曾任教于北京外国语大学。

王家湘（Wang Jiaxiang）：著名翻译家，北京外国语大学英语学院教授，专注于英美文学研究与翻译。翻译作品包括《汤姆叔叔的小屋》（1998）、《假如给我三天光明》（2005）、《瓦尔登湖》（2009）等30余部英美文学作品，译著《有色人民——回忆录》获第六届鲁迅文学奖文学翻译奖。

陈琳（Chen Lin）：著名英语教育家，北京外国语大学教授，教育部国家英语课程标准专家组组长。主编新中国第一套高校英语系通用外语教材——《大学英语》，参加《毛泽东选集》英译本翻译工作，协助中央广播电视大学的筹建工作，2008年北京奥运会中国奥组委外语顾问。

相遇的故事

科林和爱丽丝夫妇是新中国成立后第一批来华的澳洲学者。从资本主义国家来到一个新生的社会主义国家，他们见证了新中国从一个贫穷的国家成长为现代化强国。

在北京外国语大学任教的陈琳和王家湘夫妇，当时负责接待他们。陈琳的英语"非常优秀"，两对夫妻交流顺畅，很快就变得融洽友好。遵循礼仪之邦的传统，陈琳夫妇对科林和爱丽丝非常照顾，时常带他们去吃北京小吃，一起爬长城，四人志趣相投"度过了很多难忘的岁月"。科林夫妇对他们非常信任，在他们的建

议和鼓励下，在中国生下了他们的第一个孩子。"简朴、诚恳、忠厚、一片赤诚"的科林夫妇让陈琳和王家湘觉得"这一生里能够结交这样的外国朋友，是人生幸事，是一种幸福"。而科林夫妇更是感慨："我喜欢这个工作是因为我喜欢这里的人，我喜欢这个国家，我喜欢这里的文明，我喜欢这里的文化，我就是喜欢这里！"

数年后，科林先后促成了王家湘、陈琳的访澳交流。四位老人在澳洲再次"团聚"。

两个家庭的友谊，不知不觉已经持续了快60年，在澳大利亚大使馆举办的纪念会上，92岁身体抱恙的陈琳，

全程站着说完了自己的祝福，这是对挚友发自内心的尊重。四位老人用毕生岁月致力于促进中澳学术交流和人民友好往来，他们因此而倍感快乐。

回想当年爬长城的豪迈，展望100岁再相见的温情，从同事到朋友，这样的友谊早已超越了地域和国籍。自从相遇后，他们始终如一地坚守着同样的梦想并为之奋斗。青松不老，夕阳正好，他们的故事还在继续。

Students in 1965

访谈录

问： 听说您的大儿子是新中国成立后第一个出生在这里的澳大利亚人，是吗？这背后有怎样的故事？

科林·马克拉斯： 50 年代末，我和我的夫人在一起学习汉语和日语，以及关于亚洲的很广泛的领域。共同的事业让我们的关系亲密起来。我们在堪培拉订婚，1963 年在英国结婚。

二战之后的澳大利亚意识到需要更加了解亚洲，这方面的人才也比较缺。我的母亲非常支持我的亚洲研究，她本人对中国情有独钟。我的岳父岳母对日本不太"感冒"。我想这是我们最初来到中国的原因吧。

那时，我在剑桥大学学习中国历史，刚刚完成了一篇关于唐朝的论文。我联系了中国驻英国代办处（注：此时中英外交关系仅为代办级，1972 年后才升为大使级外交关系），问他们是否需要更多的人去中国教欧洲语言。当时正值冷战的高潮，朝鲜战争的余波让报纸充斥着各种夸张的报道。但我们并不害怕，我们可以看出那只是不友好的宣传，而我们就要亲身探究事实。

几周后，我们就收到了回应，并去了中国。我们非常激动，我夫人爱丽丝当时怀着孕。

我们是第一批在澳大利亚学习、研究和教授中国知识的澳大利亚人，而我是第一个去中国并在那里生活的人。我想我可以声称自己是在中国工作时间最长，而且长期和中国保持联系的澳大利亚学者。

更可以肯定地说，我们的儿子史蒂文是第一个在中国出生的澳大利亚人（注：新中国成立后）。

那时很少有澳大利亚学者去中国工作，我们如果没有在英国拿到签证，也不可能去。中澳当时还没有建交，中澳建交是在 1972 年。这一切仿佛是安排好的。

延伸阅读

2022 年是中澳建交 50 周年。50 年来，两国在政治上相互尊重，求同存异，不断增进相互理解和信任。2014 年习近平主席对澳进行国事访问期间，两国关系提升为全面战略伙伴关系，对中澳关系发展具有里程碑意义；两国在务实合作领域实现了优势互补。2021 年澳中货物贸易额为 2658.8 亿澳元，是中澳建交时的 1350 多倍。从 2009 年起，中国连续 13 年是澳第一大贸易伙伴。中国和西澳州的矿石、能源贸易是中澳两国互利共赢的典范，中国是西澳洲第一大铁矿石出口市场、第二大油气出口市场、第三大金产品出口市场。中澳在人文领域也交流互鉴。中澳迄今已建立了 100 多对友好省州、友好城市。新冠肺炎疫情发生前，每周有近 200 个航班往来于中澳之间，每年有近 200 万人次跨越赤道南北。中国长期是澳第一大海外游客市场和留学生来源国，现在有 120 万华侨华人生活在澳，为澳经济社会发展和多元文化作出重要贡献。中澳在地区及国际事务中保持密切沟通协调，相互支持。两国在东盟地区论坛、东亚峰会、亚太经合组织、二十国集团等框架下及联合国等国际组织中合作密切。

问： 谈谈你们和陈琳、王家湘夫妇的友谊可以吗？

科林·马克拉斯： 自从到了中国（北京外国语大学），陈琳就一直在照顾我们，我们很快就变得融洽而友好。他的英语非常好，在那些日子里，我们交流得非常流畅。他是一名优秀的英文教师。

爱丽丝·马克拉斯： 科林和陈在那个阶段的接触更多，我主要接触的是一起工作的教师小组。当然，后来

我们两个家庭的关系密切了起来。我们有很多照片，我把它们编辑成册。这很有纪念意义。

封面上的这张照片是我们俩和史蒂文（注：柯林夫妇长子）在中国出生的照片，当时他还是个婴儿。从那时起我们就一直是朋友。

科林·马克拉斯：回到澳大利亚

后，我获得了中国戏剧的博士学位，后来我在格里菲斯大学找到了一份工作，那是在 1974 年，我非常热衷于发展与中国的交流，而且我做到了。我在建立交流方面发挥了很大作用，而我想到的第一个交流的目标就是我工作过的北京外国语大学。

我促成了王家湘成为第一个来到澳大利亚的中国学者，格里菲斯大学和北京外国语大学也建立了交流。她在澳大利亚待了一段时间，我又促成了陈琳的来访。那是一次非常感人的团聚，我们四个人像亲人一样团聚在一起。

王家湘后来又去了美国，成为美国文学的专家，她是一位非常杰出的学者。

到了 80 年代，情况与 60 年代大不相同。澳大利亚和中国之间建立了外交关系，中国也进入改革开放时期。这使得中国人出国更容易，也使外国人到中国工作、访问和研究更容易。我们多次回到中国，回到北京外国语大学，去看望同事、学生和朋友们，并和他们进行密切的交流。

我写了很多关于中国文化和中国历史的文章，比如少数民族、戏剧、澳大利亚与中国的关系以及西方对中国的形象等。我对中国充满兴趣。我带我的澳大利亚学生去中国，对他们来说，去那里看看，看看那里的发展，能激发他们的兴奋点。2004年我退休后，依然在中国任教，北京外国语大学和中国人民大学都有我的课程。

因此我又能和陈琳、王家湘经常见面了。陈琳最近身体有点不舒服，不像王家湘那样依然活力四射。我们的关系非常重要，他们是我非常亲密的朋友。

问：中国研究对您二位来说意味着什么？

科林·马克拉斯：选择中国研究完全改变了我的生活，研究中国、了解中国是非常重要的，尤其是中国在今天的国际事务中承担越来越重要的角色。

我的研究方向是中国，我读了中国研究的博士学位。我教了很多课程，包括当代中国、中国文学、中国戏剧，甚至中国的意识形态、20世纪马克思主义在亚洲和中国的历史等。在这些课程里，中国要么是课程的中心，要么是和课程高度相关的。

与中国人民保持友谊，我认为这是非常重要的，不只是理解，而且要建立联系，这对学者来说是尤为重要的。我喜欢这个工作是因为我喜欢这里的人，我喜欢这个国家，我喜欢这里的文明，我喜欢这里的文化，我就是喜欢这里。

可喜的是现在澳大利亚有很多中国学生。我认为这是一件非常好的事情。

在通信发达的今天，这些年轻人更容易去中国工作，做研究，与中国人交朋友，我相信沟通会更加容易。保持这些民间关系是非常重要的，我认为这符合两国的最大利益。

爱丽丝·马克拉斯：我觉得民间的交流很重要。我们和中国朋友之间备受珍视的友谊是很好的例子。60年代澳洲民众和中国人民的接触很少，但现在很多。中国越来越开放。科林为两国交流也做了很多工作。

有一次，一个中国代表团的师生

在我们大学共进午餐。他们来自北京外国语大学，一见面他们就拥抱我们，那种亲密感让我仿佛又回到了中国。我印象深刻。

我的女儿维罗妮卡获得了去中国高校读书的奖学金，她也对中国充满兴趣。我的事业、家庭都与中国密切相关。

问： 二老能谈谈和科林夫妇的相识吗？最初的相见有什么印象呢？

陈琳： 科林是 1964 年初次到中国的，他有两个"第一"：新中国成立后第一位来华的澳大利亚专家；留在中国时间最长的学者。

我当时是北京外国语学院一名年轻的讲师，领导委派我来照顾科林的工作、生活。他妻子爱丽丝后来也追随他一起到了我们学院。到现在为止已有 60 多年的时间。

我们之间的友谊有一个发展的过程。刚接触时主要是工作这一块，后来通过生活的接触，大家慢慢熟悉起来。我会请他去鸿宾楼吃饭，我们是礼仪之邦，接风要有待客之道嘛，让他了解中国，让他享受在中国的生活。

当时据我了解，科林家和爱丽丝家都是澳大利亚的大家族。科林家有三兄弟，三个都是大学者。开始我想这个人是不是架子会很大？可是完全相反，我所看到的，正如我老伴所说，他是非常简单、简朴、诚恳、忠厚的一个人，没有一点架子。

还有一件事，就是有次爬长城，让我对科林的为人有了更深的印象。

毛主席有一句非常著名的话："不到长城非好汉。"我把这句话翻译成英语给科林听，科林听完后表示那他非去不可。

那个时候的八达岭长城，远没有修缮得像现在这样好，有的石头是松的，需要很小心。我比科林年纪大一点，我就让他在前面爬，我在后面保护他，一旦失足我可以扶他。

接近最高烽火台的时候，科林忽然回过头来说：我们就快到顶峰了，我想跟中国朋友同时登顶。

我说这主意太好了，于是我们两个人数"123"，同时把右脚踩到最高的石头上。冲着太阳喊："我们到了长城了，Now we are true men！"

这个小故事50多年过去了，我到现在还记得非常清楚，我觉得科林这个人有胸怀，心里有朋友。

我认为那个时候的他并不是一个社会主义者，他是在澳大利亚出生的，在英国接受的教育。可是他到了中国之后，通过所闻所见，逐渐地、自然而然地爱上了这个社会主义国家，甚至由衷地赞成这个制度。

在中国，他访问过很多少数民族地区，他通过写书来介绍我们的少数民族。他对这片土地上的人民有一种自发的热爱。这就是我对他的印象。

问：您怎样看待近60年的跨国友谊？

陈琳：我们四个人的友谊，到现在（2019年）为止快60年了。我们从毫不相识的陌生人，逐步建立起亲密的友谊。要说起来，友谊本身是私人的事情，但从大的历史角度看，它其实是两个国家友谊的一部分。

50多年来，科林、爱丽丝夫妇作为学者，从资本主义国家来到一个新生的社会主义国家，慢慢看到这个国家的发展，人民生活的变化，看到中国从一个贫穷的国家成长为一个现代化的强国。

应当说我和我的老伴儿跟他们之间的感情，是这个大感情的一部分。没有这个大的感情的基础，也谈不上我们个人之间的友谊。

不过说起个人之间的友谊，有一件事情让我印象深刻。那就是1965年爱丽丝生第一个孩子前夕，本来他们和家里的老人都是不放心在中国待产的，他们认为中国医疗水平落后。那时候，我们的关系已经非常好了，科林自然会问我的意见。

我开玩笑说：假如你们这个孩子生在中国，将来可以取得中国国籍，这不是很好的一件事吗？而且告诉你，我们认识协和医院的一位非常著名的产科专家——林巧稚。她的医术非常高超，我们家老大也是林大夫接生的。

也许是出于对中国的信任，他们决定在中国生他们的第一个孩子，这个孩子可以说是中澳友谊的一个见证人。

我们的友谊，是建立在中澳两国人民之间的伟大友谊基础上的友谊。跟我们结识美国朋友、英国朋友、其他国家的朋友一样。这是我们在用一种民间的努力为中国和世界的交流开展一些有益的工作。说得大一点儿，就是为人类命运共同体的建立来做一点小小的事。这让我们感到非常荣幸、非常快乐。

延伸阅读

林巧稚，医学家，中国妇产科学的主要开拓者、奠基人之一。北京协和医院第一位中国籍妇产科主任及首届中国科学院唯一的女学部委员（院士）。她一生没有结婚，但亲自接生了5万多名婴儿，被尊称为"万婴之母""生命天使""中国医学圣母"，又与梁毅文被合称为"南梁北林"。

王家湘： 我们的友谊不仅是在中国结下的，60年代一别，很长时间没有联系。直到改革开放，科林回到中国，回到北外，谈互派访问学者。那是1981年，我是第一个被北外派到澳大利亚格里菲斯大学做学术研究的老师。

去了之后，两个家庭之间的友谊就更深厚了。他们非常照顾我，周末常常让我到家里吃饭。他们家在郊外，家附近就是树林，从后院甚至可以看见树熊。

期间还安排了一次在澳大利亚中国友好协会的演讲，那是他们第一次在澳大利亚听到从中国大陆来的学者在讲中国的事情。这样的经历有助于西方了解中国，我们也可以更多地了解西方。

后来，陈琳正好访问了美国，回程时在澳大利亚布里斯班停留了一下。我们两个家庭好久没见了，多年后的相聚让大家都特别兴奋。

科林和他的朋友特别热情，请我们去吃海鲜，去他家住，我们很感动。我们两个家庭的友谊更深厚了。

在我看来，科林是一个非常诚挚、非常简单的人。他总是以诚相待，他的夫人爱丽丝在交往中也是一片赤诚。我觉得我和老伴儿这一生里能够结交这样的外国朋友，是人生幸事，是一种幸福。

问： 2014 年澳大利亚驻华使馆曾举办过一场科林教授来华 50 周年的纪念会，二老在那次相聚中留下了怎样的记忆？

陈琳： 对，那是五年以前的事情。我开始以为就是一次非常欢乐的老友聚会，忽然就听到科林请我讲几句话。我一下子就蒙住了，但是我并不着急，为什么？因为说起老朋友的经历，说起这 50 年来我们怎样成为好朋友，并不难。

我就讲了他对中澳两国的民间交往所作的重大贡献，讲他是怎样的一个好朋友。

那是一次很好的纪念。今年我已经 97 岁了，我希望能够再多活几年，来参加科林、爱丽丝在中国工作 60 年的纪念会。我 100 岁的生日一定请他回来。

王家湘： 纪念会的那天晚上，科林获得了中澳两国授予的奖项。我觉得实至名归，他确实为两国间加强联系作出了杰出的贡献，受之无愧。我们俩都特别为他高兴。

陈琳当时腿不太好，但他坚持站着讲完话，这也是情谊的一种体现。

年纪大了，爱丽丝的背也有些问题，这几年多是科林一个人来中国，爱丽丝偶尔来。

只要科林在北京，我们大概两三个星期就要见次面，找个小馆一块儿吃顿饭，聊聊天。

我们只要去澳大利亚开会，也都会去布里斯班科林的家里坐坐。大家一起说说话。

探索古代中国的同行者

关键词

考古合作　文化自信
文明互鉴　历史遗迹

写在前面的话

　　中外学者，师出同门，怀着对探索古代中国的热忱，孜孜不倦地行走在中华大地上。山川地貌广袤，万里长城巍峨，失落古城神秘，古墓壁画精美。他们相遇在田野和课堂，相遇在历史与现代的交汇处，相遇在古老东方沃土散发的文明之光间。

　　考古是项枯燥的工作，但总有惊喜等在前方。陈列在广阔大地上的遗产，书写在古籍里的文字，通过中外考古学家的合作，尘封千年的历史再次展现在世界面前，中华文明的灿烂成就彪炳史册，谱写出星辰闪耀的华彩乐章。

人物简介

托尼娅·埃克福德（Tonia Eckfeld）：澳大利亚人，墨尔本大学教授，艺术史与文化遗产保护领域的国际知名专家，在古代壁画艺术史与保护等方面成果颇丰。

孙周勇（Sun Zhouyong）：陕西省考古研究院院长。先后参与或主持了府谷郑则峁遗址、神木新华遗址等多项大型考古项目发掘与调查，石峁遗址考古队队长。

士学位。她选择了孙周勇的导师，两人因此相识。

起初，托尼娅感兴趣的是唐代早期的精美壁画，她对孙周勇研究的古石器领域不以为意。但在一次田野调查中，孙周勇带她去了极有可能是某个远古皇都的石峁古城遗址。这个地处偏远、有 4000 多年历史的石头城，有着异常精致的巨大艺术品、广阔且复杂的城市规划、庞大繁复的建筑群，以及迄今为止发现的最早的战争壁画。托尼娅在震惊之余看到了一个事实：中华文明渊源深厚，新石器时代中国

相遇的故事

1997 年，来自澳大利亚的艺术史学家托尼娅·埃克福德来中国攻读博

文明的发展高度和格局已经不容小觑。

多年的合作形成了他们之间的高度信任和默契。托尼娅和孙周勇经过长达三年的共同努力，促成了澳大利亚维多利亚州国立美术馆（National Gallery of Victoria，NGV）的中国文物展出——《秦始皇兵马俑：永恒的卫士》，展品来自陕西著名的博物馆和考古遗址，包括8尊兵马俑和2匹全尺寸的骏马历史文物，以及2辆铜制战车的复制品等160余件精品。值得自豪的是，即便是大英博物馆，最多也只能借到10件兵马俑文物。这或许是22年前两人雄心的延续——坚持不懈地为中国考古作贡献，向世界展示中国的辉煌历史和灿烂文化。

访谈录

问：您对古代中国的兴趣是从何而起的呢？您是怎样成为一名中国古代文明史的外国研究者的呢？

托尼娅·埃克福德：家庭的熏陶是最初的动因。我的父亲是一名建筑师，我的母亲是一位艺术家，尤其是我母亲，她总是对中国艺术和古代文化充满热情。在那个氛围里长大的我对亚洲艺术和文化产生兴趣是自然而然的。

70年代，我刚上大学时，就期待学习更多的关于中国文化的知识。1974年我高中毕业时，兵马俑在西安郊外被发现了。我的兴趣背景和对亚洲艺术的痴迷，加上兵马俑这个超级的、美妙的、惊天撼地的发现，让我走上了中国研究的道路。

我第一次去中国是在1988年，第一次中国之旅实现了我多年想去中国的期盼——亲身去体验它的艺术、它的建筑、它的文化，实地感受它的历史。

中国有一位非常有名的僧人，名叫三藏法师，就是《西游记》中唐僧的原型。他从自己的祖国出发，到国外去寻找第一手佛教经典，参观圣地，向优秀的老师学习。我想我受到了他的启发，我想追随他的脚步，但方向相反——他出中国，而我入中国。

要深入了解中国艺术史是非常困难的，这对我来说是一个挑战。事实上，中国艺术在西方并没有被很好地理解，这让我真的很想深入研究它，把神秘的东西变成某种真正有价值的思考。

当我开始在中国做研究的时候，真的非常困难，那时我甚至不会说中文，面临很多挑战，但我喜欢挑战。现在我的中文还可以，你了解这里越多，你就能发现越多。我也意识到还有很多我不知道的。好奇心让我坚持下去。

我不得不说考古学是如此令人兴奋，因为每次有新的发现，它就会改变历史。惊喜和兴奋是这个领域的一部分。

延伸阅读

玄奘（602—664），唐代著名高僧，被尊称为"三藏法师"（精通贯串经藏、律藏、论藏教义者），后世俗称"唐僧"，与鸠摩罗什、真谛并称为中国佛教三大翻译家。他还是一位杰出的思想家、闻名世界的旅行家，在中国佛教史、哲学史、文化史、中外交流史上都占有重要地位。

玄奘为探究佛教各派学说分歧，于公元628年从长安出发，历经艰辛到达印度佛教中心天竺的那烂陀寺取真经。前后17年学遍了当时的大小乘各种学说，共带回佛舍利150粒、佛像7尊、经论657部，并长期从事翻译佛经的工作。

玄奘及其弟子共译出佛典75部、1335卷，每卷万字左右，合计1335万字，占了整个唐代译经总数的一半以上，成为翻译史上的杰出典范，包括《大般若经》《心经》《解深密经》《瑜伽师地论》《成唯识论》等。由唐代玄奘口述、辩机编撰的地理史籍《大唐西域记》十二卷，记述玄奘西游亲身经历的 110 个国家及传闻的 28 个国家的山川、地邑、物产、习俗等。

问：谈谈您和孙周勇的相识？

托尼娅·埃克福德：我和孙第一次见面是在 20 世纪 90 年代。那时我们都处于职业生涯的早期。80 年代，我第一次到中国去的就是西安，那次经历激发了我继续深造的念头。完成硕士学位后，我决定继续攻读博士学位。90 年代，我回到中国正式加入陕西省考古研究，我选择了研究唐代帝王墓，特别是壁画研究。

孙周勇那时在考古研究所工作，他选择在澳大利亚墨尔本攻读博士学位。我们在西安和墨尔本相遇，同为研究古代中国努力，并在此后的几年里发展了我们的友谊。

我们都对中国古代传承下来的艺术和文化有一种强烈的热情和执念。当年的我们还不确定如何完成，但充满了钻研兴趣和奉献精神，立志为古代艺术史、考古学以及材料保护领域作出真正的贡献。

这么多年来，我和孙像朋友一样一起工作，我们看到了彼此的耐心和勤奋，我们有独特的研究视角，我们有国际经验，也有在中国的实际经验，能在更多的领域和更多的人群中传播中国文化。

我们有着高度的信任和良好的合作。人际关系、校际关系甚至国际关系，都需要信任。

孙现在是考古研究所的所长，我是一名教授。我们已经能够让我们各自机构的团队参与进来，这意味着我们能够分享更多的知识，提高我们团队的能力。我们两国之间也有专家互访。澳大利亚专家能去西安真是太好了，他们能真正了解中国丰富的物质和文明。我们有一些非常好的考古技术，也很高兴与中国同事分享。

问：孙周勇曾请您去参观他主持发掘的石峁古城遗址，感想如何？您为何称他为"拓荒者"？

托尼娅·埃克福德：一开始，我们研究的领域不同，研究的兴趣也非常不同。孙对新石器时代的文明感兴趣，而我感兴趣的是晚唐时期的文明。我的关注点主要是 8 世纪，而他研究的是大约 4000 年前的历史文明。

那时孙奉为宝贝的石器，我不屑一顾。而实际上多亏了他，我研究领域的时间轴"倒退了"。我追溯到秦汉时期，现在我对新石器时代的考古也很感兴趣，对孙的发掘遗址也很感兴趣，尤其是石峁古城。

在那个遗址上，孙和他的团队发现了迄今为止中国最早的战争壁画，大约有 4000 年的历史。从那个遗址到 8 世纪的唐代帝国战争壁画，其间有直接的联系。

石峁遗址广阔和复杂的规划建设给我留下了深刻的印象。在一个偏远的地方发现了一个有着 4000 年历史的城市，并且有非常精致的大规模艺术品，这真的很令人惊讶。奇妙石刻的石墙，令人惊叹的壁画，庞大、复杂、精心建造的建筑，以及精致的玉器和陶器等文物，这些都让我惊讶，我认为它们美妙又迷人。

参观考古遗址，有时会有一种神

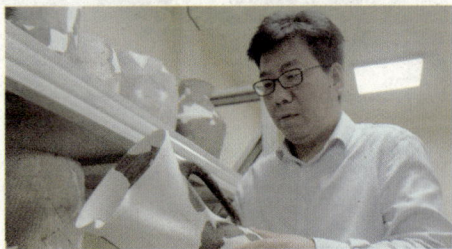

奇的穿越感。这些遗址已经被掩埋了很长时间，但当考古学家揭示那里的情况时，你看到的却是新鲜的东西。它可能很古老，但很新鲜，就好像住在那里的人刚刚走出去，而你刚好走进来。考古是一种神奇的时间旅行。

作为考古学者，我真的很佩服孙，很佩服中国的考古学家。考古学家们被忽略了，他们长时间在非常恶劣的条件下艰苦工作，四季不停，而孙和他的团队确实承担了一项巨大的任务，特别是在石峁遗址的工作上。

问：据说您和托尼娅教授是同学，是这样的吗？

孙周勇：我跟托尼娅认识大概有20年的时间，当时我在澳大利亚留学，她在读博士。我和托尼娅选的是同一个导师，从那个时候起我们就有了一定的交集。

托尼娅非常坚韧不拔，始终在坚持不懈地学习汉语，翻阅关于中国古代的早期文献。因为关于历史学和考古学的研究必须借助于中国传统的文献和其他多学科的研究，本身就是一个非常复杂的系统性综合学科，她在这一方面表现出来的热情和坚韧，让我非常感动。

托尼娅是一个非常热情的人，她对中国的传统文化有着深厚的感情，她的博士学位论文研究关注的是中国早期唐代壁画。

我觉得她始终保持着对中国传统考古的浓厚兴趣，2013 年前后她听说了石峁遗址的发现，表现出极大的热情。和我取得联系后，我带她去遗址参观了一下，并以此为契机开展了一些关于石峁合作的研究。

我们最初研究的兴趣有差异，她更关注唐代壁画，我从事中国早期考古，但我们有相似的教育背景和一些共同感兴趣的话题。

过去的五六年里，在她的积极推动下，我们和墨尔本大学签署了战略

合作协议，并在人才交流和合作研究方面取得了一定的成果。

她还和英国的一些电视台合作，推出了一个有关武则天的专辑，在海外播放产生了很大的影响，我想这对于宣传唐代的辉煌历史，有非常好的社会效益。

延伸阅读

2003年，孙周勇在位于澳大利亚墨尔本的拉筹伯大学 (La Trobe University) 攻读博士学位，他的导师是国际考古界著名学者刘莉。刘莉教授为哈佛大学人类学博士，师从已故国际著名华裔考古人类学家张光直先生，毕业后任教于澳大利亚拉筹伯大学，2008年当选为澳大利亚人文学院院士。孙周勇在澳洲的同门包括中国国家博物馆考古院院长戴向明、河南博物院院长马萧林、社科院考古所研究员李新伟等。

这段留学经历让孙周勇开拓了研究视野。因为考古学的方法与理论源于西方，中国现代考古学从新中国成立到21世纪初，仍然以建立文化谱系和时空框架为主要目的。从20世纪90年代中期开始，很多新的方法和理论被

介绍到中国，受到追捧也受到质疑，中国考古学界进行着激烈的思想碰撞，而孙周勇通过系统学习考古学最新的理论与方法，学会了如何用考古资料去解释、复原没有文字记录的社会状况。

问： 石峁遗址在你们的合作中有着怎样的地位？

孙周勇： 应该说石峁是一个连接点，石峁的发现在 2012 年之后引起了全社会包括海外的高度关注，托尼娅也注意到这个现象。

石峁成为一座桥梁，一个大家都感兴趣的点。依托石峁遗址，我们把合作的领域拓展了一大截。

石峁遗址是距今 4000 年左右在中国北方地区的一个非常重要的石头城，不管是面积、规模，还是区域位置，它都非常重要，而且它处在了中国历史上第一个王朝"夏"形成的关键节点上，也是一个气候的敏感区域。

由于它是一个位于地面上的石头城，保存得非常好，在 2013 年以后我们先后获得了世界十大考古新发现等重要荣誉。

石峁遗址在 2019 年 4 月进入了世界文化遗产的后备名单，我想这是对它价值的最大肯定，石峁遗址会成为彰显华夏文明深厚渊源的重要平台和基地。

我本人主要做中国史前时期的考古，石峁遗址应该是 21 世纪以来中国最重要的一项考古发现。托尼娅对石峁考古发现的壁画非常感兴趣，我们将共同开展保护和展示应用方面的一些研究。

托尼娅不仅是在做学术研究，还在构建中国历史和中国考古学界文物保护这个学科与澳大利亚方面深入合作的机制。她推动了双方人员的交流，如每年墨尔本大学都会送两到三名学生到陕西来参加考古发掘、文物保护和科技分析等工作。

而我们也会送同事去学习使用他们先进的设备和学习先进的文物保护及考古发掘的技术理念，这是一个取长补短的过程，这种合作明显改进了现在整个考古发掘的手段。

2013 年，我们进行了一次长途旅行，沿途看了很多考古发现的地点，我们从西安出发，最后到达石峁。我们大概用了两天时间，到陕北，到延安地区，到榆林地区，看了商代的城址，看了统万城，最后去了石峁。这个有 4000 年左右历史的由石头构筑的城址结构非常复杂，建筑技术非常高超，而且保存得特别好，这让她特别震撼。

石峁改变了海内外学者关于中国文明形成过程的传统认知，是一个石破天惊的发现。托尼娅来到石峁后，非常兴奋，我带她看了固若金汤的城址东门和皇城台。我们当天甚至都没有离开，当晚就在遗址附近住下。即便条件艰苦，她仍然兴致勃勃地跟我讨论了很多关于考古发现和文物保护方面的话题。

石峁对考古学家、考古工作者来说，是可遇不可求的。

有人说石峁的发现是继兵马俑之后陕西最重要的一项考古发现，它在探索中国早期文明的形成格局、追溯中国文明早期发展高度上，具有重大的意义。我能参与其中也感觉到非常荣幸和自豪。

延伸阅读

石峁古城，位于陕西省神木市高家堡镇石峁村的秃尾河北侧山峁上，地处陕北黄土高原北部边缘，距今 4000 年左右。在这个沟壑纵横的地方，石峁先民建了一座规模宏大的立体城池，而史料上没有任何记载。

根据碳 14 系列测年及考古学系列证据表明，石峁城址初建于公元前 2300 年前后，废弃于公元前 1800 年前后。这也就意味着，在公元前 2070 年前后夏朝建立时，中国北方已经存在着一个超级政权实体，其规模和影响力甚至超过了夏朝。

石峁古城总面积高达425万平方米，规模远超290万平方米的浙江良渚古城和280万平方米的山西陶寺遗址，相当于6个北京故宫。其中蜿蜒的两道城墙加起来长达10公里；核心区域是金字塔状的皇城台，固若金汤；在宫室建筑周边，镶嵌着体量巨大、题材丰富的石雕，还有类似图腾柱的石柱；古城弥漫着浓厚的"圣城"氛围：玉琮被切成薄片，在修筑城墙时被埋藏在石缝之间；还发现大量占卜遗存，从皇城台上弃置下来的卜骨有数百片之多；还有口簧，这种乐器至今仍流传在全世界100多个国家，传说有着"通天"的功能……

同时，石峁并非孤立的超大型聚落，而是形成了以石峁古城为中心的金字塔型文明。考古调查发现，仅仅在秃尾河沿岸，就有100多处龙山遗址，其中石城近20座。包括玉器在内的很多生产生活资料，从四面八方运来石峁，那些中小型聚落，就是它的卫星城。多学科综合研究表明，石峁人精于骨针制作，这说明当时的部分居民也许已脱离农业生产，掌握核心技术的手工业生产者，很可能与聚落的"巫"与"王"，是三位一体的身份。

问：不久前陕西与澳大利亚墨尔本联合举行了一个展览，您怎么看这种以文物为载体的文化外宣？作为陕西的考古工作者、中国的考古工作者，您对该领域的展望是什么？

孙周勇：陕西重要的文化名片就是文物，尤其是以兵马俑为代表的文物资源。积极地向海外推广，让更多人了解中国灿烂悠久的历史文化，是一种责任。

作为诸多的海外巡展之一，2018年陕西省启动了在墨尔本的维多利亚州立博物馆展览的兵马俑展。精心选择了大概一两百件秦汉文物，其中包括我们陕西省考古研究院发掘的一批非常精美的文物，有青铜水禽、绘色俑、大瓦当、汉代画像石等，很多都是一级文物。

我想展览是一个很重要的交流平台，托尼娅也参与了展览的筹展联络以及协调等工作，从她发给我的信中，我能看到她也感到非常自豪。

其实每年我国都在组织各省文物的精品到国外进行展览，推动我国跟海外民众之间的文化交流。既然中国有这样灿烂的历史文明，就应该通过精美的文物把影响力扩散出去。

当然，海外展览是一项非常复杂的工作，需要多方的联络协调，托尼娅在墨尔本的著名学府工作，她利用自己工作的便利，为陕西的文物赴澳大利亚展览做了很多协调工作，她还协助撰写了一些文本。

我本人非常感谢她促成了这个展览，感谢她辛勤的努力。这个展览的顺利开幕，也为澳大利亚民众提供了一个了解中华悠久文明的机会。

文化是消灭人们之间隔阂或者误

解的一种非常重要的手段，通过这种文物资源的展示，能够促进两国人民互相理解，促成双方人员的密切交流。

不仅澳大利亚的这个展览一票难求，我参加过的很多在北美、南美、欧洲的展览，也都引起当地民众的参观热潮。我看到这么多其他国家的民众踊跃参观中国文物的特展，感到非常高兴，当然对中国古代文化感兴趣正是因为中国综合国力和国际地位的提升，吸引了民众的兴趣。

随着中国经济的快速发展，中国国际地位的提升，越来越多人想了解中国，想了解中国的过去。作为一名考古工作者，我能够明显地感觉到，考古既是一项脚踏实地的工作，又是一门面向国际的学科。我们现在去参加国际学术会议的时候，能够明显地感觉到越来越多的中国话题成为国际学术平台探讨的焦点和热点。